大自然の魔法師アシュト、廃れた領地でスローライフ 4

さとう
SATOU

Illustration
Yoshimo

CHARACTERS
主な登場人物
シェリー
アシュトの妹。
『氷姫』の異名を持つ、
元・王国最強の魔法師。
エルミナ
希少種族ハイエルフの
美少女。こう見えて
大のお酒好き。
ウッド
アシュトの魔法で
生み出された植木人《ツリーマン》。
アシュトが大好き!
アシュト
本作の主人公。
魔法適性が「植物」だった
ために家を追放され、
魔境オーベルシュタインの
領主となる。
ミュディ
優しくて家庭的な
アシュトの幼馴染。
魔法適性は「爆破」。

ギーナ
マーメイド族の女性。
細かいことは
気にしないタイプ。
シルメリア
銀猫族のリーダー的
存在。アシュトを主人
として傍に仕える。
アルラウネ
物静かな薬草幼女。
マンドレイクに比べる
と寒いのは苦手……
マンドレイク
活発な薬草幼女。
寒くても元気に
外で遊ぶ。

第一章　ハイエルフの里へ

俺の名前はアシュト。ビッグバロッグ王国の名門貴族、エストレイヤ家の次男……だった。今は除籍されて貴族ではなくなったけど、未開の地オーベルシュタインに住む希少種族たちを集めて（というか、勝手に集まった）みんな仲良く暮らしている。

最近の出来事で大変だったのは、ドラゴンロード王国のお姫様であるローレライとクララベルの父、つまり国王のガーランド様が俺と戦うために村を訪れたことかな。あと、ワーウルフ族という人と狼の姿を持つ種族を伝染病から救ったり、ディアボロス族の長《おさ》ルシファーと友人になったり……いろいろあったなぁ。

そんな数々の事件を乗り越え、俺にも弟子ができた。

ワーウルフ族の少年フレキくん。まさか俺が師匠になるとは……ははは。

住人が続々と増え、ここも村らしくなった。

村の名前も「緑龍《りょくりゅう》の村」に決まり、ようやく箔《はく》が付いたような気がする。

とはいえ、何かが劇的に変わるわけじゃない。住人たちはいつもと同じ仕事をしている。

最近は、ガーランド様が連れてきた龍騎士たちが、村とその周囲の警護をするようになった。

宿舎と龍厩舎《りゅうきゅうしゃ》の建設も急ピッチで進められている。ドラゴンたちのエサはデーモンオーガのバルギルドさんたちが狩り、生肉をそのままモグモグ食べさせていた。

不思議なことに、飼い主にしか懐《なつ》かないはずのドラゴンは、サラマンダー族によく懐いた。これには龍騎士も驚き、サラマンダーたちの願いもあって世話を任せることにしたそうだ。

その間、龍騎士たちは訓練を行っている。

住人たちともすぐに打ち解け、何人かの龍騎士はハイエルフの女性陣といい雰囲気になってるとか。まぁ、恋愛は個々の自由だよね。

さて、俺も大事な用事を済ませなくては。

用事とはもちろん……折れた杖の代わりをなんとかすることだ。

シエラ様からもらった材料で、ハイエルフの長であるジーグベッグさんに依頼する。

前もって手紙を送ったら、いつでも来てくれとのこと。

ディアボロス族やハイエルフは杖がなくても魔法を使えるが、人間はそうはいかない。

自分に合ったものを使わないと、思った通りの魔法は使えない。そのため、杖職人に専用の杖を仕立ててもらうのが普通だ。まさかジーグベッグさんが職人だとは思わなかったけどな。

というわけで、久しぶりにハイエルフの里へ向かうことにした。

◇◇◇◇◇◇

ハイエルフの里へ向かうメンバーは、俺、ハイエルフのエルミナ、フェンリルのシロ、植木人《ツリーマン》のウッド、フレキくん、積荷の荷下ろしをするハイエルフ数名とサラマンダー族数名だ。

シロは久しぶりに兄妹に会わせてやりたいし、フレキくんはフェンリルを神聖視していたから、シロの親に会わせて驚かせたい。ウッドは友達として同行し、ジーグベッグさんの孫のエルミナは向こうが会いたいと言っていたので一緒に行くことになった。

「センティ、よろしくな」

『お任せを!!』

「……なぁお前、なんかまた伸びてないか？」

『メシが美味《うま》いと身体が伸びるみたいやで!!』

大ムカデのセンティの身体が、また伸びていた。

身体に括《くく》り付けられる箱が最初は十五箱くらいだったのに、今や倍の三十箱取り付けている。

伸びすぎじゃないだろうか……まさか成長期？

すると、隣にいたエルミナが言う。

「アシュト、里にはどれくらい滞在するの？」

「んー……杖ができるまでかな。つまり未定だ」

「そっか。じゃあお酒をいっぱい持っていかないとね」

センティに括り付けた箱には、お土産《みやげ》の酒がいっぱい入っている。

几帳面《きちょうめん》なハイエルフのメージュと、徹底した農作物管理をするディアボロス族の文官、ディアーナのおかげで、加工品の生産量がアップしたのだ。ワインを仕込むためのブドウの量を均一にしたので、今や一切の無駄がない。

というかエルミナ……今までの管理が杜撰《ずさん》すぎだ。管理者を代えるだけでこうも変わるとは。

「……何よその目は」

「いや、別に。それより準備はできたのか？」

「私はオッケーよ」

そこにフレキくんとウッド、シロが来た。

「お待たせしました師匠!!　遅れて申し訳ありません!!」

『アシュト、アシュト!!』

『きゃんきゃんっ!!』

よし、これでハイエルフの里へ行くメンバーは揃《そろ》ったな。

荷物の積み込みが終わり、いつもセンティの護衛をしているデーモンオーガ、ディアムドさんも来た。

「ふむ、村長が同行するのか……これは気合いを入れねばな」

「い、いえ、いつも通りでお願いします」

ディアムドさん、笑顔が怖い。

すると、彼はなぜか俺に近付いて小声で言う。

「村長、例の件だが……やはり駄目だろうか」

「……駄目です。というか今は魔法が使えませんし」

「ならば、杖の修理が終わったら、試し撃ちにでも」

「駄目です」

「むぅ……」

実は、ディアムドさんだけじゃなく、バルギルドさんも同じお願いをしてくる。

内容はなんと……『ヤドリギに絡む大蛇《ミストルティン・ヨルムンガンド》』を出してほしいというのだ。

なんでも、ガーランド王との戦いを見て、どうしても戦ってみたくなったのだとか。

杖が壊れる原因になった魔法だから、杖が直っても正直使いたくない。というかあれは禁忌《きんき》の魔法だし、よほどのことがないと使うつもりはない。

とまぁ、そんな感じで出発です。

◇◇◇◇◇

相変わらず、センティの乗り心地は最悪だった。

「う、げぇぇ……きぼちわるい」

「わたじも……」

ハイエルフの里に到着した俺とエルミナは、ぐにゃぐにゃになった。

「ボクは平気でしたけど……大丈夫ですか、師匠？」

『アシュト、アシュト、ヘイキ？　ヘイキ？』

『きゃんきゃんっ‼』

ウッドやシロが酔うとは思わなかったけど、フレキくんが乗り物酔いしなかったのは意外だ。

とにかく……ようやくハイエルフの里に到着した。

「村長、荷の積み下ろしがあるからオレはここで手伝いをする。それから一度村に戻って、また来る。手土産はこちらに置いておこう」

「あ、ありがとうございます。ディアムドさん」

ちなみに手土産というのは、道中に現れた巨大トカゲだ。

普段は大剣を使って狩るんだけど……今回のディアムドさん、素手で殴り殺しちゃったよ。

どうも、ガーランド王とヨルムンガンドの戦いを見てから、デーモンオーガ一家がやる気になってるんだよなぁ。

「じゃ、俺たちはジーグベッグさんに挨拶しに行くか。エルミナ、大丈夫か？」

「な、なんとか……」

「ハイエルフの長かぁ……あの本の作者に会うの、楽しみだなぁ」

フレキくんがそんなことを言った。

フレキくんは、図書館に所蔵されている数々の本を書いたジーグベッグさんに挨拶したいのだとか。まぁフェンリルに会うのがメインらしいけどな。

ジーグベッグさんに会うのは俺も久しぶりだ……今はどんな物語を書いているのかな。

『きゃんきゃんっ‼』

『アシュト、アシュト、アソビタイ、アソビタイ‼』

「ちょっと待ってろよ。挨拶したらフェンリルに会う許可をもらうから」

シロとウッドにそう言い、改めて周りを見渡す。

ハイエルフの里は、以前来た時とまったく変わっていなかった。

「そりゃ、変わるわけないでしょ。というか千年、二千年ぽっちでも変わらないし」

「そ、そうか？」

感想をエルミナに伝えたら、半眼で言われた。

さて、里のハイエルフたちに挨拶しながら、ジーグベッグさんの家に向かう。

すぐに到着し、エルミナを先頭に中に入った。

「ただいま、おじいちゃん」

「失礼します」

「おおエルミナ、アシュト殿。遠路遥々《はるばる》ご苦労様です」

そう言って迎えてくれたのは、メガネをかけたハイエルフの長老、ジーグベッグさんだ。

長い机に何枚もの羊皮紙を積んでいる。どうやら執筆中のようだ。

「お久しぶりです、ジーグベッグさん」

「お久しぶりです、アシュト殿。本日は杖の件ですな？」

「はい。シエラ様から、ジーグベッグさんは杖作りの達人だとうかがったので」

「ほっほっほ。いやぁ、四十万年ほど前に杖作りにハマりましてな……十万年ほどのめり込んでしまいました」

「そ、そうですか……」

ギャグみたいな数字だが、百万歳を超えるジーグベッグさんが言うなら本当なんだろう。

とりあえず、シエラ様からもらった材料を渡す。

「これが材料です。それと、手紙にも書きましたが……」

「ええ、ユグドラシルの枝ですな？　アシュト殿が言うのであれば、フェンリル様も文句は言わないでしょう。どうぞ持っていってください」

「ありがとうございます。では、さっそく枝をもらいに行きます」

ここで、フレキくんがピクッと反応した。

フェンリルに会えるのを嬉しいと思いつつ、緊張しているのだろう。

「エルミナ、アシュト殿を案内して差し上げなさい」

「はーい。それよりおじいちゃん、今日の夜は宴会だからね!!　美味《おい》しいお肉もあるし、期待してるから!!」

「わかっておるよ。まったく、お前という奴は……」

お肉とは、ディアムドさんが狩った巨大トカゲだろう。

杖作りにどれくらい日数が必要か知らないけど、今日は泊まりだろうな。

さて、久しぶりにフェンリルに会いに行くか。

ジーグベッグさんの前を辞して、俺たちはハイエルフの里にあるユグドラシルへ向かった。

道中、フレキくんはガチガチになっていた。

「きき、緊張してきました……ふぇ、フェンリル様に会える日が来るなんて……」

「シロもフェンリルだけど？」

「その、シロ様を軽視してるわけではありませんが、文献には巨大な白狼《はくろう》とありましたので」

「まぁ確かに……」

『きゃんきゃんっ!!』

シロは大きくなったけど、まだまだ子犬サイズだ。

ユグドラシルにいた親フェンリルは、全長十メートル以上あったしな。

「フェンリル元気かなぁ～」

エルミナはご機嫌だ。まぁこいつは夜の宴会が楽しみなのかもしれないが。

ユグドラシルが見えてきたところで、前から白い子狼が走ってきた。

『きゃんきゃんっ!!』

『きゃいーんっ!!』

『きゃうぅぅんっ!!』

シロが飛び出し、前から来た子狼にタックルする。そして地面をゴロゴロ転がり、甘えるように互いの顔をペロペロ舐めた……やってきたのはシロの兄弟たちだ。

シロの兄弟も大きさはそれほど変わらない。成体まで成長するのには時間がかかるのだろう。

そして、ユグドラシルに到着……根元には、大きな白い狼が横になっていた。日光浴でもしてるのか、目を閉じて気持ちよさそうにしている。

『久しいな、アシュトよ』

こちらに気付いたのか、大狼——フェンリルが目を開け、話しかけてきた。フェンリルは人間の言葉を喋《しゃべ》れるのだ。

「久しぶり。元気にしてたか？」

『ふ……歳を取ると、そう簡単には変わらんよ……おお、久しいな娘よ』

『きゃんきゃんっ!!』

『エルミナ、お前も久しいな』

「久しぶり、フェンリル」

シロは、尻尾を振りながら母親に駆け寄って甘えた。

フェンリルも、シロの毛づくろいをしている。嬉しいのかな、やっぱり。

しばらく毛づくろいをして、フェンリルは言った。

『して、なんの用だアシュト。娘を会わせに来ただけではあるまい』

「ああ、実はお願いがあって来たんだ」

『ほう……申してみよ』

俺は杖の話をして、材料としてユグドラシルの枝が欲しいことを伝えた。

『なんだ、そんなことか。枝ならいくらでも持っていけ』

「え、いいのか？」

『かまわん。若い頃のジーグベッグなど、毎日のように木に登っては枝を折って、持って帰っていたぞ』

「え、おじいちゃん、そんなことしてたの？」

目を丸くするエルミナ。

『ああ。若い頃の奴は杖作りに没頭していてな……ハイエルフは杖などなくとも魔法が使えるのに、奇妙なことをする奴だと笑ったわ。ジーグベッグの作った杖は、人間の国に流れたな』

「そ、そうなんだ……」

あの爺《じい》さん、多芸すぎるよ。

フェンリルが長い尻尾を軽く振ると、ちょうどいい長さの枝がポトッと落ちてきた。カマイタチでも起こしたのだろうか。

『杖に使うのなら、それでいいだろう。持っていけ』

「ありがとう。あ、それと、お前に挨拶したいって子が……フレキくん？」

「…………」

フレキくんを見たら、緊張しすぎて立ったまま気絶していた。

揺さぶって起こしてやる。

「は、はじめまして!!　ボクはワーウルフ族のフレキと申します!!」

気絶から回復したフレキくんは、人狼の姿になって跪《ひざまず》く。

『人狼か。こうして見るのは随分と久しぶりだ』

「おお、お会いできて光栄ですっ!!」

『そうか。確かワーウルフ族は、我々フェンリルを慕《した》ってくれているのだったな』

「は、はひっ」

『ふ、そう固くなるな、若き人狼よ。お前のことはジーグベッグを通して聞いていた。アシュトのもとで学んでいるそうだな。しっかりと励《はげ》めよ』

「は、は、はいぃぃぃぃっ!!」

フレキくん、感極まりすぎて泣いちゃったよ。

まぁ神様から『頑張れ』なんて言われたらやる気になるよなぁ。

「じゃあフェンリル、帰りにまた寄るよ。シロは……うん、久しぶりに家族団欒《だんらん》だな」

シロは、フェンリルに甘えまくっていた。

微笑《ほほえ》ましいので、杖が完成するまでたっぷり甘えさせてやろう。

さて、材料も揃ったしジーグベッグさんのところへ戻るか。

第二章　緑龍ムルシエラゴの杖

「おお、ユグドラシルの枝を持ってきましたな。では作業を始めましょう」

ジーグベッグさんは執筆を中断し、杖作りを始めた。

意外にも、道具は少ない。俺の渡した材料と小さな手拭《てぬぐ》いだけだ。

「ふむ、素晴らしい素材ですな。ムルシエラゴ様の爪と鬣《たてがみ》、そしてユグドラシルの枝」

ジーグベッグさんは素手で枝を折り、爪と鬣を手拭いでよく磨《みが》く。

俺はたまらず質問した。

「あ、あの、道具は使わないんですか？」

「ええ。持論ですが、こういうのは全て人の手で行うのがいいのですよ」

「へ、へぇ……」

まぁ、職人のやり方に口を挟むのはやめた方がいいか。

すると、エルミナが言う。

「ねぇアシュト。時間かかるようだしさ、ちょっと一緒に来てよ」

「え、どこに？」

「フレキはフェンリルの話を聞くのに夢中だし、ウッドもフェンリルの子供たちと遊んでるし、私一人じゃ大変だから、あんたしかいないのよ」

「だから、どこに行くんだ？」

「実はさ、緑龍の村に移住したいってハイエルフたちがいっぱいいるのよね。そこでアシュトに選別してもらおうと、集会所にみんな集まってるの」

「えぇ？　ハイエルフって、何人だよ」

「ざっと五十人。みんな女の子よ」

「……なんで俺が？」

「村長だから。ほら行くわよ」

「あっ、ちょっ」

俺はエルミナに引きずられ、ジーグベッグさんの家を出た。ちくしょう、杖作りを見学したかったのに。

エルミナに引きずられて集会所へ向かい、ハイエルフたちの面接をする。

結果、村に十五人のハイエルフを受け入れることになった。

人手が欲しかったからいいけど、こういうのはもう勘弁してほしい。

そうこうするうちに夜になり、歓迎会という名の宴会が始まった。

ハイエルフ料理と酒が振る舞われ、踊り子たちによる踊りや、男たちの余興など、大いに盛り上がった。

ハイエルフ料理も美味しい。

山の幸《さち》がメインだが、見慣れないものも多くある。

中でも驚いたのは、この辺では見ない魚料理だった。

俺は、隣に座るエルミナに聞く。

「この魚、美味いな」

「でしょ？　川魚と違って海のお魚は大きいものばかりだからね。食べごたえもあるでしょ‼」

「海？　これ、海の魚なのか？」

すると、酔ってご機嫌なジーグベッグさんが話に加わる。

「そういえば、アシュト殿の村では海の幸を取り扱ってませんな」

「まぁ、そうですね」

「よろしければ、『マーメイド族』を紹介しましょうかな？　彼らと海の幸の取引を行うというのはいかがでしょうか」

海の幸か……うん、欲しいな。

ジーグベッグさんにお願いして、海までの地図を書いてもらう。想像していたより、ここが海に近いことに驚いた。

「キングセンティピード……センティの足なら往復で一日ほどでしょう。それに、優秀な護衛もいらっしゃる」

「これはこれは、ありがとうございます」

「いえいえ。こちらからマーメイド族に話を通しておきましょう。時間がある時にでも訪ねてもらえれば」

「はい、わかりました」

その後、宴会は夜遅くまで続いた。

フレキくんは酒を飲んでグロッキー、そのまま集会所の別室に運ばれていった。

ウッドはフェンリルの家族と一緒にいるようだ。どうもフェンリルに気に入られたらしく、子狼たちと一緒に遊んでいる。

エルミナは……あれ、いつの間にかいない。

そして、宴会が終わって休むことに。

俺はジーグベッグさんの家に泊まることになった。

使用人らしきハイエルフに、二階の一番奥の部屋を使うように言われ、階段を上がってドアを開けた。

「はあ～……うぇぇ。飲みすぎたわ」

「え？」

ドアを開けると、エルミナがいた……す、素《す》っ裸《ぱだか》で。

「……え、エルミナ？」

「あ、アシュト……なな、なんで」

「い、いや、俺はその、この部屋を使えって」

エルミナはシャツで体を隠し、赤い顔で俺を睨《にら》む。

「ここは私の部屋よバカぁぁぁぁーーーーーっ!!」

「すみませんでしたっ!!」

俺は慌てて部屋を出た。

◇◇◇◇◇◇

「…………」

「だから、本当にここを使えって言われたんだよ!!」

「…………まぁ、信じてあげる。どうせおじいちゃんのイタズラだろうし」

エルミナが服を着たので、改めて部屋に入り謝罪した。

エルミナは頬《ほお》を膨《ふく》らませていたが、なんとか許してもらった。

ジーグベッグさんのイタズラはともかく、結局俺はどこに泊まればいいんだ。

「なぁ、俺の部屋は？」

「この家の二階は物置と私の部屋しかないわよ。おじいちゃんは一階だし」

「え……じゃあどうすんだよ」

「……仕方ないわね。特別にここで寝かせてあげてもいいわ」

「え」

「ただし、変なことしたら……」

「しないっつの!!」

というわけで、エルミナの部屋に泊めてもらうことになった。

さっきの手前恥ずかしかったが……忘れよう。

エルミナの部屋は、ものが少ない部屋だった。

切り株みたいなテーブルに、刺繍《ししゅう》が施《ほどこ》されたカーペット。あとはベッドと机と椅子、クローゼットがあるだけ。なんか、女の子らしくないな。

「ちょっと、人の部屋をジロジロ見ないでよ」

「わ、悪い」

怒られてしまった……とりあえず、話題を変えよう。

「あのさ、マーメイド族ってなんだ？」

「マーメイド族は海に住んでる種族よ。下半身が魚で、海底に町を作ってるの」

「へぇ……そこで魚を獲《と》ってるのか？」

「ええ。マーメイド族は、漁業を生業《なりわい》としてるわ。ハイエルフの里で取れた果物と交換してるのよ」

「果物って……海の中で食べるのか？」

「よくわかんないけど、マーメイド族は陸上でも活動できるの。マーメイド族にしか使えない魔法で、ヒレを足に変えることができるらしいわ」

「へぇ～……でも、海の幸は食べてみたいな」

ジーグベッグさんが話をつけてくれるみたいだし、時間ができたら訪ねてみるか。行けるかどうかわからないけど、海底の町にも興味がある。

それに海といえば、神話七龍《しんわしちりゅう》の一体、『海龍《かいりゅう》アマツミカボシ』が生み出したものだ。御利益《ごりやく》があるかもね。

「海かぁ～♪　アシュトくん、ミズギを準備しなきゃね!!」

「ミズギ？　ミズギってうぉぉぉぉっ!?」

「きゃぁぁぁぁぁっ⁉　いつの間にぃぃっ‼」

「はぁい♪　アシュトくん、エルミナちゃん♪」

いつの間にか、俺やエルミナの座るテーブルの輪に、シエラ様が交ざっていた。

神出鬼没《しんしゅつきぼつ》には慣れたが、今回はマジでビビった。まさか村の外にまで現れるとは。

シエラ様は俺たちの反応など気にせず、話を続ける。

「マーメイド族かぁ～、アシュトくんも海に乗り出したのねぇ」

「いや、まだ行かないですけど」

「あそこに行くならミズギは必須よ。海底の町の入口にミズギのお店があるから、ちゃーんと準備すること‼」

「は、はぁ……」

「それと、行く時は必ず女の子を連れていくこと‼　ミュディちゃんとシェリーちゃん、ローレライちゃんとクララベルちゃん、もちろんエルミナちゃんも一緒にね♪」

「え、いや……まぁ、わかりました」

「私も行くの？　よくわかんないけど……」

「ふふふっ♪　もちろん、私も行くからネ♪」

よくわからんが、女の子を連れていかないとダメらしい。

エルミナと顔を合わせて首を傾げ、シエラ様になぜなのか聞こうとした。

「……いねぇし」

目を離したほんの一瞬で、シエラ様は消えていた。

◇◇◇◇◇◇

翌日。

ジーグベッグさんの家の使用人が作った朝食を食べ、杖作りの続きを眺めた。

フレキくんは朝の挨拶をしてすぐにフェンリルのもとへ。ウッドはフェンリルのところへ行ったきり見てない。

エルミナは、里の果樹園に行ったようだ。今日は手伝いをするらしい。

俺は杖作りが気になったので、ジーグベッグさんのところで見学していた。

「ふむ……こんなもんかの。ほれ、どうぞ」

「おお……」

昨日でほとんど完成していたのか、今日は最終調整だけのようだ。

ユグドラシルの枝を本体とし、魔力の通り道である芯にはシエラ様の鬣を用い、魔力を増幅させる核は、杖の柄尻《えじり》に埋め込まれている。

長さは、以前の杖より少し長いな……でもしっくりくる。

軽く振ると、手によく馴染《なじ》んだ。

「いいですね、最高にいいです」

「ふふふ。素材が最高級ですからな。久しぶりに杖を作りましたが、まだまだ衰《おとろ》えておりません」

「すごいです、ありがとうございます!!」

「お役に立てて何よりです。さーて、ワシは執筆に戻るとします。魔法の試し撃ちは裏で行うといいでしょう。不具合はないと思いますが、何かあったら言っていただければ」

「はい、わかりました」

家の裏に向かうと、広場になっていた。

とりあえず、簡単な魔法を使うか。

「よし、この雑草でいいや……『成長促進《グロウアップ》』」

チビな雑草に向けて『成長促進《グロウアップ》』を使用すると……

「っとと、ストップストップ!!」

あっという間に、庭が雑草だらけになってしまった。

すごい、前の杖より魔力がスムーズに流れていく。しかも消費魔力は前よりさらに少ない。

今までは一の魔力で十の効果を発揮していたが、この杖なら一の魔力で五十の効果を発揮できるだろう。

「これもシエラ様の素材とジーグベッグさんの腕のおかげか……ありがとうございます」

杖を抱き、俺はその場で頭を下げた。

すると、ジーグベッグさんの家の使用人たちが俺を見ているのに気付いた。

ほんのりとジト目……あ、庭を荒らしたからか。

「も、申し訳ありません」

この日は、魔法を使わずに草むしりをした。

◇◇◇◇◇

翌日。

用事が済んだので、村へ帰ることにした。

センティが到着し、護衛にはバルギルドさんと息子のシンハくんがいる。見送りには、たくさんのハイエルフたちが来た。

センティに乗って帰るのはエルミナと新しい住人のハイエルフたち、フレキくん、そして。

『きゃんきゃんっ!!』

『アシュト、アシュト!!』

シロとウッドだ。

後ろには、フェンリルとシロの兄弟たちがいる。

俺はしゃがみ、シロを抱きしめてワシワシ撫《な》でる。

すると、シロの兄弟たちが飛びかかってきた。

「うわっ!?」

『きゃぅぅーーーん』

『くぅぅん』

『撫でてやってくれ。どうもアシュトのことを聞いたらしくてな、羨《うらや》ましがっている』

「そ、そうなのか？　よしよし」

シロの兄弟たちもふわふわで可愛い。

ひとしきり撫でると、ようやく離れてくれた。

「ジーグベッグさん、杖をありがとうございました」

「いやいや、お役に立ててよかった」

俺の新しい『緑龍の杖』。大事に使わせてもらいます。

全員センティに乗り込み、ハイエルフたちに見送られて里をあとにした。

「いやぁー、素晴らしい経験ができました!!　アセナやワーウルフ族の村のみんなにいい土産話ができましたよ!!」

「そ、そうか……うっぷ」

俺は、早くも酔っていた。

センティの背中に慣れる日は、まだまだ先みたいだ。

第三章　愛の言葉をきみに

新しい杖を手に入れたからといって、生活が変わるわけじゃない。

ハイエルフの里から帰って数日。新しい住民用の住居を作るために、エルダードワーフたちが作業をしている。

また、俺の薬院も並行して建設中だ。

フレキくんがワーウルフ族の村に薬院を建てたと聞いて、ちょっと羨ましくなった俺は、エルダードワーフのアウグストさんに相談した。前々から構想はあったとのことで、喜んで着工してくれた。

俺の意見が入った薬院。

診察室は広く、実験室や薬品庫を完備し、二階には俺の新しい部屋を作る。

なぜか図面には幼馴染《おさななじみ》のミュディと妹のシェリー、ローレライとクララベルの部屋もあったが……どこかで見えない力が働いてるような気がして、深くツッコめなかった。

建築予定場所は、現在の家のほぼ隣。

今の家と新しい家を渡り廊下で繋《つな》ぎ、今の家には銀猫《ぎんねこ》族のシルメリアさんとミュアちゃん、魔犬《まけん》族のライラちゃんが住む。余った部屋は、薬草幼女のマンドレイクと、アルラウネの個室にする予定だ。

食事などは今の家のリビングで食べ、個別の部屋は新しい家に作るという感じだ。

ちなみに、マンドレイクとアルラウネは個室を喜んでいた。

身体的な成長はないが、それぞれ個性が出てきた気がする。

マンドレイクは料理を習い始めたし、アルラウネはミュディから裁縫《さいほう》を習い、自分専用の前掛けやマンドレイクのためにエプロンなんかを作っていた。

ミュアちゃんも簡単な料理なら作れるようになったし、ライラちゃんも裁縫だけじゃなく、ドワーフから小物作りを習い、ブローチや髪留めを作ってシルメリアさんにプレゼントしていた。

子供の成長は速い……俺も温室の世話や実験以外の趣味を探そうかな。

そんなある日の休日。久しぶりにミュディと二人きりになった。

◇◇◇◇◇◇

フレキくんの指導を終えた午後、俺は一人診察室で読書をしていた。

「アシュト、いる？」

「ん、どうしたミュディ？」

すると、左手を押さえたミュディが診察室に来た。

「あの、製糸場で指を切っちゃって……」

「見せて」

俺は読書を中断。ミュディが言い終える前に立ち上がって近付く。

手を取って見てみると、左手の人差し指が何かで挟んだように切れていた。

「……これ、ハサミで切ったのか？」

「うん。糸を切る時にちょっとね」

「痕《あと》が残ったら大変だ。すぐに治療しよう」

「ん……ごめんね」

「謝るなよ。ほら」

ミュディを椅子に座らせ、消毒をする。

「染みるぞ」

「ん……っつ‼」

「よし、あとはハイエルフの秘薬を塗っておしまい。このくらいなら明日には治ってるよ」

「うん、ありがとう」

左手の人差し指だけ緑色になったが仕方ない。

ハイエルフの秘薬の弱点は、見栄えが悪いことだな。

「仕事は終わりか？」

「うん。みんなに帰って休めって言われちゃった」

「はは、じゃあ……あ」

「……あ」

俺とミュディは同時に声を上げた。

そういえば二人きりだ。こんなの随分と久しぶりだ。

やばい、急に緊張してきた。

「あー……その、お茶でも飲むか」

「あ、わたしがやるよ」

「いいって。怪我人なんだし、ここは俺に任せろよ」

「……ん、ありがとう」

シルメリアさんは、銀猫たちの集会に参加しているからいない。

診察室にも、ティーポットやカップくらいならある。魔法で水を注ぎ、杖でティーポットを軽く叩くとお湯が沸く。

「カーフィーと紅茶、どっちがいい?」

「じゃあ……紅茶で」

俺はカーフィー。ディミトリからもらった高級カーフィーが山ほどあるからな。

紅茶とカーフィーを淹《い》れ、紅茶の方をミュディに渡した。

「ほい、熱いから気を付けて」

「うん。ありがと」

診察室のソファに移動し、ミュディと隣り合わせで座る。

カーフィーはほろ苦く上品な味わいだ。さすが高級品……

「ん……美味しいよ、アシュト」

「そうか？　はは、シルメリアさんが淹れればもっと美味しいんだけどな」

「ううん、アシュトが淹れてくれたから美味しいの」

「そ、そっか……」

無言でカーフィーを啜《すす》る。なんというか……そわそわしてきた。

「そういえば昔、アシュトがお家のキッチンから果物をくすねてきて、シェリーちゃんと三人で食べたことあったよね」

「あー……そういえばそんなことあったな。あの時はリュドガ兄さんにバレて、こっぴどく叱られたよ」

「ふふ、シェリーちゃんが泣いちゃって、リュドガさんが慌てて……」

「ああ。結局リュドガ兄さんが、謝っちゃったんだよな」

一番悪いのは俺なのにな。リュドガ兄さん……元気かなぁ。

「シェリーも、昔は可愛かったのになぁ」

「今もすっごく可愛いじゃない。あんなに素直で優しくて可愛い子、そうはいないと思うよ」

「う～ん……俺からすると妹だし」

「ふふ、シェリーちゃんってすっごくモテたんだよ？　貴族の間では、誰がシェリーちゃんのお婿《むこ》さんになるかで決闘になりかけたなんて噂もあったしね」

「マジかよ……」

「でも、シェリーちゃんはお見合いを全部蹴って、お兄ちゃんを選んだんだよね」

確かに、シェリーは全てを捨ててここに来た。

でもそれは、ミュディにも当てはまることだ。

「なぁ……ミュディは家を捨てたこと、後悔していないのか？」

「うん、もちろん」

即答だった。思わずミュディの顔を見ると、真っ直ぐ俺を見ていた。

目を逸らしてはいけない。そう思った。

「アシュト、わたしやシェリーちゃんが全てを捨ててここに来た理由、わかる？」

「………………うん」

そんなの、決まっている。

「わたしは……アシュトが大好きだから。一緒にいたいから。貴族の名前よりも、王国での暮らしよりも、アシュトが大好きだから、ここに来たんだよ」

「……ミュディ」

「アシュト……アシュトは？」

「……俺だってそうだ。全部俺の勘違いで家出して……ミュディが大好きだから、ミュディと兄さんが結婚するところなんか見たくなくて……全て捨ててここに来た。大好きなミュディを忘れて、イチから始めようとして……でも、ダメだった。ミュディの顔がずっと残ってて、忘れられなかった。ミュディだけじゃない。シェリーが大怪我して村に運び込まれた時は、本当に震えた……」

「………」

俺は、言うべきことを言っていない。だから今、しっかり言おう。

「ごめんミュディ。俺の勘違いで大変な思いをさせて……危険な目にも遭《あ》わせた」

「いいの、本当に後悔していない。それに、こんな素敵な村で一緒に暮らせて、今とっても幸せなの」

「俺もだ。ミュディやシェリーと一緒に暮らせて、とっても幸せだ」

ミュディはそっと、俺の左手に自分の手を重ねた。

俺とミュディの距離はとても近い。

心臓が、バカみたいに高鳴っている。

今なら……ううん、今言わなくては!!

「ミュディ、愛してる。俺と……俺と結婚してください!!」

「はい、わたしもアシュトを愛しています……結婚してください」

細くしなやかなミュディの手は、とても熱かった。

◇◇◇◇◇

ミュディにプロポーズした夜……

俺は、家にたくさんの人を招いて食事会を開いた。

まず、ハイエルフトリオのエルミナ、メージュ、ルネア。エルダードワーフのアウグストさんとフロズキーさん。サラマンダー族のグラッドさん。ハイピクシーのフィルにベルことベルメリーア。ブラックモール族のポンタさん一家。デーモンオーガ二家。ローレライとクララベルだ。

人数が人数だからけっこう手狭だ。

ちなみに、俺は家に住人を招いてよく食事会をする。今回はこのメンバーだが、もちろん別の種族や住人も呼ぶ。村内の交流はいっぱいしないとね。

リビングの壁際にテーブルをくっ付け、そこに料理を並べて自由に取る立食スタイルで食事をしている。

酒も入り、料理が少なくなってきたところで……

「みんな、ちょっと聞いてほしいことがあるんだ」

俺は、みんなの注目を浴びるような位置に移動し、ミュディを呼ぶ。

ミュディは照れながらも隣に立った。

「えー、実は俺、ミュディにプロポーズしました!! ミュディも受け入れてくれました。なので俺たち、夫婦になります!!」

パリンと、グラスの割れる音がした。

落としたのは……エルミナだ。

室内がシーンとなり、全員がポカンとしている。

すると、シェリーが言った。

「お、お兄ちゃん、ミュディにプロポーズしたの？」

「ああ、した」

「そ、そっか……おめでとう!!　やっと結ばれたんだね、ミュディ」

「シェリーちゃん……」

シェリーの祝福は嬉しいけど、どこか作り物みたいな笑顔だった。

今度はローレライが前に出た。

「おめでとう、アシュト、ミュディ。これで私も名乗りを上げられるわ」

「へ？」

「アシュト、私もあなたに結婚を申し込むわ。私も……あなたを愛しています。結婚してください」

「え、ろ、ローレライ？」

「やっぱり……ふふ、こうなると思った」

「みゅ、ミュディ？」

「ず、ずるいずるい姉さま!!　わたしだってお兄ちゃん大好き!!　結婚したい!!」

「く、クララベルまで……ちょ、落ち着け二人とも」

「落ち着いてるわ。ねぇミュディ」

「ええ、もちろん。アシュト、ローレライは本気だよ？」

わ、わけわからん。

確かにローレライは可愛いし、俺も好きだけど……夫婦になるとかの好きでは……ない、のか？

わからない……さすがに、いきなりは無理だ。

「すぐに答えを出さなくていいわ。でも、私にはあなたしかいない。アシュト、あなたを愛しているわ」

「ローレライ……」

「お兄ちゃん、わたしもお兄ちゃん大好き!!」

「クララベル……」

すると、少しずつみんなの声が聞こえてきた。

「おいおい村長よ、こんなべっぴんさんの告白を断るとかねぇよなぁ？」

「あ、アウグストさん」

「そうだよ!!　オーガ族の強い雄は、何人も奥さんを娶《めと》ってるんだからさ、村長もたくさん奥さん娶っちゃいなよ!!」

「の、ノーマちゃん」

「叔父貴《オジキ》。これも強い男の宿命。受け入れて差し上げてくだせぇ」

「グラッドさんまで……」

「村長、モテモテなんだな」

「ポンタさん……」

うーん、みんなノリノリだ。酒も入っているからか、テンションが高い。

「おいアウグスト、村長の新しい家の間取り、図面を引き直せ!!　こりゃ母ちゃんが山ほど増えると見たぜ!!」

「わーっとるよフロズキー。見てろ、このアウグスト……一世一代の仕事をしてやらぁ!!」

『アシュトと結婚かぁ……わたしもしたいなぁ。ベルは？』

『フィルがするならわたしもする』

「よし、サラマンダー族のみんなに伝えねば……」

「ディアムド、村長の新たな門出《かどで》に」

「ああ。乾杯しよう、バルギルド」

おぉぅ……みんな楽しそうだよ。

すると、背後からポンと肩を叩かれた。

「やはり、村長はハーレム野郎でしたね」

「リザベル……なんでいるの？　招待してないよね？」

ディアボロス族の少女、リザベルだった。

この夜の宴会は、大いに盛り上がった。

◇◇◇◇◇◇

食事会が終わり、解散となった。

すると、メージュとルネアのハイエルフコンビが俺のもとへ。

「村長、結婚おめでとう。と言いたいけど……」

「エルミナ、元気ない……」

「……うん」

理由は、なんとなくわかる。

もう二年以上一緒にいるんだ。エルミナが俺のことを気にしているのは感じていた。

俺も、エルミナのことは気になっている。このオーベルシュタインに来た時に出会った最初の住人で、村の開拓を手伝ってくれた、大事な……大事な？

「アシュト」

「ミュディ……」

「エルミナちゃん、気になってるんでしょ？」

「……ああ」

ミュディにウソはつけない。

俺はミュディを愛している。

だが、ローレライとクララベル、エルミナ……幸運にも俺は、いろんな女の子から想いを寄せられたし、俺も彼女たちのことは大事に思っている。

ビッグバロッグ王国は一夫多妻制で、そして近親婚が認められている。

貴族が何人もの妻を持つのは当たり前だし、国王も正室以外の側室が二十人以上いる。

そうは言ったって、今の俺はビッグバロッグの人間ではないし、いいのだろうか。

悩んでいると、メージュとルネアが俺に言う。

「村長、もしエルミナと村長、お似合い」

「……エルミナのことが気になってるなら、あの子を嫁にしてあげてほしい」

さらにミュディも口を開いた。

「アシュト、わたしからもお願い。エルミナちゃんを……」

「ミュディ……いいのか？」

「うん。だって、アシュトがわたしを好きなことに変わりはないもん」

ミュディ、大物だ。

俺は頷き、エルミナを探しに外へ出た。

エルミナは、すぐに見つかった……俺の家の裏にいたからな。

「あ、アシュト……」

「エルミナ……何してんだ？」

「べ、別に。ちょっと風に当たってただけ」

「そっか……なぁエルミナ」

「何よ」

俺はエルミナの隣に立ち、軽く言った。

「エルミナ、俺と結婚してくれ」

「は？」

「結婚だよ。俺、お前のことが好きだ」

「あ、あんたね……はぁ～……まぁいいわ。私もあんたのこと好きだし、いいわよ」

「おう。へへへ……」

「……っぷ、くふふ」

「な、なんだよ」

「別に。それより、私に言ったんだから、ローレライとクララベルにも言いなさいよ。ってか、この際あんたのこと好きな子、全部受け入れちゃいなさいよ。絶対他にもいるわよ」

「はぁ!? そ、そんなの……」

「まったく、私のダンナは強気なんだか弱気なんだかわかんないわね」

「あのな……ったく」

エルミナは変わらない。それがまたいい。

エルミナと別れ、部屋に戻った。

ミュディはローレライとクララベルの家に泊まるそうだ。

俺ものんびりしていると、ドアがノックされた。

「お兄ちゃん、あたしだけど……」

「シェリーか？　入っていいぞ」

「ん……」

寝間着《ねまき》姿のシェリーだ。ベッドにダイブすると、ギシギシと軋《きし》ませて座り直す。

「お兄ちゃん、ようやくプロポーズしたんだね」

「ああ。まぁ……ミュディのくれたきっかけがなかったら、できなかったけどな」

「ふふ、やっぱりお兄ちゃんってヘタレだね」

「悪かったな。それより何か用か？」

「うん。大好きなお兄ちゃんが結婚するって聞いて、いろいろ悩んじゃって……」

「悩む？」

「うん。あたし……長寿だし、もう人間の男性とは結婚できない……結婚しても絶対に旦那様は先にお別れしちゃうし。そもそも恋してる暇なんてなかったし、これからも……」

「シェリー……大丈夫だ。俺はお前の兄だ。何があってもお前の傍《そば》にいるよ。だから焦《あせ》らないでいいんだ」

「お兄ちゃん……ぷぷ、それってプロポーズみたい」

「そ、そうか？」

「うん。ふふ……あたし、お兄ちゃんと結婚しようかな」

「お、いいな。お前みたいな可愛い子だったら大歓迎だ」

「ば、馬鹿!!　お兄ちゃんの馬鹿!!」

シェリーは枕を投げつけた。

ビッグバロッグ王国じゃ近親婚も認められているし……まぁ、決めるのはシェリーだ。

今日一日で、俺は二人にプロポーズした。

『やれやれ。アシュト様はとんだハーレム野郎ですね』

以前聞いたリザベルの言葉が現実となってしまった……ま、いいか。

◇◇◇◇◇◇

えー……ローレライとクララベルの告白も受け入れました。

ミュディとエルミナにプロポーズして吹っ切れた俺は、後日、ローレライとクララベルの家に出向いて、俺から改めて結婚を申し込んだ。もちろん二人は了承してくれた。

まぁ、結婚しても生活が変わるわけじゃない。

いつも通り起き、ご飯を食べて、仕事して、風呂に入って寝る。この生活は変わらない。

変わるとしたら、新居が完成してからだ。

アウグストさんが図面を引き直し、薬院と一体型の住居をやめ、薬院は薬院、住居は住居で建て直すことを宣言したのである。

現在住んでる家を、子供たちとシルメリアさん用にするのは予定通り。

そこに、新しく作る俺と奥さんの家、そして俺の仕事場になる薬院を渡り廊下で繋ぐ。それぞれの建物を、いつでも行き来できるようにするって感じかな。

新しい住居が完成したら引っ越しだ。

結婚すれば、いずれは子供も……自分の息子や娘なんてまだ想像つかないけど、楽しみかも。

俺のプロポーズ話は、村中に広まった。

プロポーズの翌日には「おめでとう‼」ラッシュだし、ジーグベッグさんや悪魔商人のディミトリ、ワーウルフ族の長老はお祝いの贈り物までくれた。

フレキくんは大喜びしてくれた。なお、子供たちは結婚のことをよくわかっていなかった。

ミュディたちは、特に変わらなかった。俺は会うたび照れているというのに……やっぱりみんな、器が大きいというかなんというか。

新居は、急ピッチで建設中。

結婚式の話も出たが、意外にも奥さんたちからストップがかかった。

やるなら盛大にきちんとやりたいし、人間と龍人《りゅうじん》とハイエルフでは作法が違う。

これからオーベルシュタインに冬が来て何かと忙しくなるし、じっくり考えたいとのこと。まぁ、俺も賛成だ。

こうして、俺の結婚話は村を賑《にぎ》わせた。

それと同時に、村に新しい命が誕生しようとしていた。

第四章　炎に包《つつ》まれた命

ある日、俺の家に報《しら》せが来た。

サラマンダー族の卵が、孵化《ふか》しようとしているらしい。

すぐに産卵場所となっていた煉瓦《レンガ》造りの建物に向かうと、周りにはサラマンダーたちが集まっていた。

「叔父貴《オジキ》!!　お疲れ様です!!」

「「「「お疲れ様でーっす!!」」」」

両手を膝に乗せ中腰体勢で迎えてくれる。

俺は頭を下げ、サラマンダー族の若頭《わかがしら》、グラッドさんのもとへ。

「どうです、産まれましたか!?」

「いえ、まだです。中で女たちが見てますが……」

「落ち着きな、グラッド。あんたの子もちゃーんと産まれるさ」

「姐御《あねご》」

グラッドさんの肩を叩いたのは、メスサラマンダーのトップであるバービナ姐《ねえ》さんだ。

メスサラマンダーはオスよりスラッとした体躯《たいく》で、トカゲのごとき顔もどことなく女性っぽい。

メスだからといって胸が膨らんでるわけではない。サラマンダー族の子供は、生まれながら肉を食べる。授乳は必要ないんだとか。

「とにかく、健康に産まれるように祈りましょう。子供が産まれたらパーッと宴会でも!!」

「叔父貴《オジキ》、ありがとうございます!!」

「「「「あざーっす!!」」」」

「いえいえ、めでたいことは祝わないと」

そう言って、煉瓦の建物に身体を預けようと手を伸ばした。

「あ、危ない叔父貴《オジキ》!!」

「えっ？　――ぶぁっちゃアアアーーーーーーっ!?」

建物に触《ふ》れた瞬間、ジュワッと手が焼けた。

エルダードワーフ製の耐火煉瓦が、とんでもなく熱くなっていた。

「あちゃちゃちゃちゃちゃっ!?　あっちぃぃーーーーーーっ!?　な、なんだこれ!?」

「叔父貴《オジキ》!!　大丈夫ですか叔父貴《オジキ》!?」

「お、おい水、水持ってこーいっ!!」

「叔父貴《オジキ》!!」

「叔父貴《オジキ》、怪我は!?」

サラマンダーたちが俺に群がる。

一人のサラマンダーが桶《おけ》に入った水を持ってきたので、俺はすぐさま桶に手を突っ込む……あとで火傷軟膏《やけどなんこう》を塗ろう。

「申し訳ありません!!　サラマンダー族が卵から孵《かえ》る時、卵は割れるのではなく燃えるんです。炎に包まれサラマンダーは生まれるんです!!」

「そ、そうだったんですか」

「はい。その際、熱気で周囲が高温になるので、岩場や穴蔵でないと孵化できないんです」

し、知らなかった……今のは完全に俺の不注意でした。ごめんなさい。

そんなゴタゴタで騒いでいると。

『きゅぁぁぁーっ!!　きゅぁぁぁーっ!!』

泣き声、というよりは鳴き声が聞こえてきた。

そして、煉瓦小屋のドアがゆっくり開き、赤ちゃんサラマンダーを抱えたメスサラマンダーたちがぞろぞろ出てくる。

「あんた、生まれたよ」

「可愛いオスさね」

「おお、オレのせがれか!!」

「うぅ、感動だぜ。ぐううっ」

メスサラマンダーの旦那さんたちが、赤ちゃんを抱き上げる。

グラッドさんも、自分の子供を抱いていた。その目には、キラリと光る雫《しずく》が。

すると、桶に手を突っ込んだままの俺の隣に、バービナ姐さんが来た。

「焱龍《えんりゅう》の右腕と呼ばれたグラッドが泣くとはねぇ」

「バービナ姐さん？」

「ふふ、村長、子供はいいもんだよ。奥さんができたんなら、励むことだね」

「うえっ⁉」

「つつつ、つまりその、ミュディたちと……」

「ははは、初心《うぶ》だねぇ」

「～～～っ‼　こ、今夜は宴会です‼　俺、準備してきますっ‼」

恥ずかしくなり、俺は桶を抱えてダッシュしたのだった。

さて、サラマンダー族、新しい命の誕生。

生まれた子供は総勢十五人。村総出でお祝いをし、生まれた子供の名付け親に俺が指名された。

とはいえ、名前なんて付けたことがない。だけど、こういうのって拒否するわけにもいかないんだよなぁ……

「えー……この子は男の子だから、ヤン、なんてどう？」

「おお、さすが叔父貴《オジキ》です‼」

なので、顔をじっくり見て心に浮かんだ名前を一人ずつ付けた。

喜ばれているし、これでいいと思いたい。

それにしても、村に誕生した新しい命か。

俺に子供ができたら……どんな子になるか、考えてもわからない。

でも俺、子供は好きだからなぁ。

ミュアちゃんやライラちゃんみたいな子だったら嬉しいな。

第五章　龍騎士の一日

ドラゴンロード王国・精鋭部隊。

ローレライを守護するために結成された『月龍騎士団《ムーン・ナイツ》』。

クララベルを守護するために結成された『雪龍騎士団《スノウ・ナイツ》』。

共に、ドラゴンロード王国屈指の龍騎士を団長に据《す》え、厳しい訓練を乗り越えたエリート龍騎士を団員にした最強騎士団だ。

団員は、全員が半龍人《デミ・ドラゴニュート》という、ドラゴンの血が半分混じった種族だ。

ドラゴンロード王国の王族のようにドラゴンに変身することはできない。だが、身体能力にかけては種族最強と言われている。

団員は、それぞれ専用のドラゴンに騎乗して戦う。

生まれたばかりの幼ドラゴンを育て、絆《きずな》を育《はぐく》み、主《あるじ》として認めさせる。ドラゴンが背中への騎乗を許してくれれば、龍騎士として一歩踏み出したことになる。

愛情を注いで育てたドラゴンは、他の者に触れられることをよしとしない。

龍騎士団員は自信に満ちていた。

厳しい訓練を乗り越え、確かな実力があると信じて疑わなかった。

現に、ドラゴンロード王国近郊に現れる魔獣など、彼らにかかれば造作もない。

自分たちの実力は、未開にして魔境のオーベルシュタインでも通じる。そう考えていた。

アシュトと、ガーランド王の戦いを見るまでは。

これは、緑龍の村で生活を始めた、龍騎士団のお話。

◇◇◇◇◇◇

龍騎士団の朝は早い。

夜が明けると同時に起床。騎士の装備に着替えて、新築の香り漂《ただよ》う騎士団宿舎の前に整列する。

列に並ぶのは、村の警護をしていない全団員だ。

夜間の警護は交代制。各騎士団から五人ずつ、計十人で夜間警備をしている。

「おはよう諸君。行くぞ‼」

「「「「はっ‼」」」」

「おはよう諸君。では我々も」

「「「「はっ‼」」」」

純白の鎧《よろい》を装備したランスロー団長と、灰色の鎧を装備したゴーヴァン団長に続き、団員たちは走りだす。ルートは別々だ。

そう、これは朝の日課であるランニングである。

ドラゴンに騎乗するのには体力を必要とする。優れた心肺機能を作るのは龍騎士にとって必須項目だ。

ダッシュにジョグ、ダッシュにジョグを繰り返し、心肺に負担をかける。

すると、ランスローたちの前に数人の銀猫族が現れた。

ランスローは停止し、騎士の敬礼をする。他の団員も同様である。

「おはようございます‼」

「「「「おはようございます‼」」」」

「おはようございます。皆様、頑張ってください」

「「「「はい、ありがとうございます‼」」」」

この銀猫たちは、騎士団の朝食を作りに宿舎へ向かっているのだ。

騎士団が朝の鍛錬をしているうちに、銀猫たちは朝食の支度をする。これも見慣れた光景になりつつある。

ランニングを終えた騎士たちは、宿舎の隣に作られた龍厩舎へ向かう。

龍厩舎は、龍騎士たちが乗るドラゴンの寝床だ。日中の世話はサラマンダー族に任せているが、朝は彼ら自身が世話をする。

騎士たちは藁《わら》を替え、水を与え、朝食用の肉を与える。この肉はデーモンオーガ一家が狩ったもので、厩舎に併設された巨大冷蔵庫に保存してある。

ここまで終え、騎士たちは装備を外して朝風呂へ。

湯船には浸からず、手早く身体の汗と汚れを落とし、下着と鎧下を着替えて宿舎へ戻る。

宿舎内の食堂では、銀猫たちによる朝食が出来上がっていた。

本日のメニューはサラダ、目玉焼き、厚切りベーコン、腸詰め、炊いたコメ、野菜スープである。

コメはおかわり自由で、横長のテーブルにはおかずが並んでいる。

待ちに待った朝食に、騎士たちは急ぎ席に座る。

「この世全ての命に感謝し、いただきます」

「「「「いただきます‼」」」」

ランスローの挨拶で朝食が始まり、銀猫たちがコメの入ったおひつを持って動く。

「おかわりの方はお声をおかけください」

「おかわりを‼」

「おかわりをお願いします‼」

「おかわり‼」

殺到《さっとう》するおかわりコールに、銀猫たちは忙しく動き回る。

スープのおかわりにも対応し、四十人の騎士たちは朝食を食べ尽くした。

この時点で、朝の六時前である。

警備担当の団員は装備の手入れをして、夜間警備組と警備を交代。残りの団員はチームに分かれて仕事をする。

村の警備の他に剣術の鍛錬、ドラゴンに騎乗しての戦闘訓練などなど。

仕事は交代制で、合間に食事を摂る。

団長の二名は、これ以外にローレライとクラベルの護衛もする。

龍騎士団員は村で一番忙しいかもしれない。

◇◇◇◇◇

ローレライの騎士ゴーヴァンは、図書館で仕事をするローレライを、遠くから見守っていた。

付かず離れず、仕事の邪魔にならない位置に立つ。主の気にならないように、それでいて何かあればすぐ守れる距離に。

司書の仕事の休憩時間になると、ローレライは数冊の本を持って一人用の円卓に座った。

そして、ゴーヴァンはすかさずラウンジでカーフィーを準備する。

「カーフィーを一つ、ミルクと砂糖はなしで」

ラウンジ担当の銀猫にトレイをもらい、ローレライにカーフィーを出した。

「どうぞ、姫様」

「ありがとう、ゴーヴァン。あなたも座りなさいな。一緒に読書をしましょう」

「いえ、私は……」

「ゴーヴァン」

「……畏《かしこ》まりました、姫様」

こう言われると、断れない。

ローレライは、小さな頃から聡明《そうめい》で大人しい少女だが、本当はとても気が強く、やんちゃな部分もあるとゴーヴァンは知っていた。また、意外に頑固なのだ。

ゴーヴァンは、自分用の紅茶を取りに向かい、ローレライと読書を始めた。

◇◇◇◇◇◇

クララベルの騎士ランスローは、大汗を掻きながら走っていた。

「わーい‼　こっちこっちこっちーっ‼」

「わぉーんっ‼」

「にゃうーっ‼」

「ひ、姫様ぁっ‼　走り回るのはおやめくださーいっ‼」

子供たちと追いかけっこをするクララベルを、ランスローは必死に追いかける。

ランスローは、村中を走り回りクタクタだった。

クララベルはともかく、恐ろしいことに銀猫族のミュアと魔犬族のライラまで、龍騎士の体力を上回るほど元気だ。

ランスローを遥かに超える速度で走り、木の上にジャンプで飛び乗り、フワフワ飛ぶハイピクシーを捕まえようと跳ね回る。

すると、子供たちが追いかけっこを急にやめて、ランスローに近付いて話しかけた。

「ねぇねぇおにーさん、またドラゴンに乗りたいー」

「おねがーい」

「え……はぁ、はぁ、い、いいですよ……はぁ、はぁ」

「にゃったー‼」

「わぅーん、ねぇクララベルお姉ちゃん、アセナやマンドレイクたちも呼んでいい？」

「いいよ。みんなでドラゴンのところへ行こう‼」

「にゃあ、じゃあきょうそう‼」

「わん‼」

「よーしいっくぞーーーっ‼」

「ちょ、姫様ぁっ⁉」

クララベルたちは、再び全力で駆けだした。

ランスローは、フラフラになりながらあとに続く。

ゴーヴァンが羨ましい……ほんのちょっぴり、ランスローは思った。

◇◇◇◇◇◇

一日の仕事が終わり、ランスローの部屋にゴーヴァンがやってきた。

ゴーヴァンの手には、ドラゴンロード王国から持ち込んだウィスキーボトルがある。

「お疲れのようだな、ランスロー」

「知っているくせに……一度代わってみるか？」

「遠慮しておく。オレはローレライ様の騎士だからな」

「わかっている。冗談だ」

魔法で氷を生み出し、グラスに落とす。

互いにウィスキーを注ぎ、乾杯した。

「クララベル様、明日はアスレチックへ行かれるそうだ。アルメリア様からしっかり勉強させるように言われているんだが……」

「ははは、ローレライ様はアシュト様の薬草採取に付き合うとおっしゃっていた。結婚してからますます尽くすようになってな……あの小さなローレライ様が、立派なレディになったものだ」

「ああ、時が経つのは速い……」

二人は、ウィスキーを楽しみながら昔話で盛り上がる。

そして、酒がなくなる頃、ゴーヴァンは立ち上がった。

「では、そろそろ寝よう。明日も忙しいぞ」

「ああ、ゆっくり休めよ、ランスロー」

「それはこちらのセリフだ」

騎士たちの一日が終わり、また明日がやってくる。

休むヒマがあるようでない、騒がしい毎日が。

第六章　お魚求めていざ海へ！

えー、いきなりでした。

ある日のこと。

「それは海の魚ですか!?　ご主人様、魚が手に入るのでしたら是非!!」

「うおっ!?　しし、シルメリアさん？」

朝食の場で、ジーグベッグさんから聞いた『マーメイド族』の話をすると、シルメリアさんが食いついた。いきなりグイグイ来たのでビックリした。

プロポーズの件やサラマンダー族の卵が孵化したこととか、いろいろあってマーメイド族との交渉を忘れていたんだよな。

シルメリアさんはやや興奮気味に話す。

「ご主人様、冬が近くなっております。野菜や果物、コメの備蓄はありますが、海魚があれば食事の幅がさらに広がります。早急にマーメイド族と交渉すべきです」

「は、はい……わ、わかりました」

あとで知ったことだが、銀猫族は大の海魚好きだった。

そして朝食後。

「……というわけで、マーメイド族と交渉しに行くから。みんなも一緒に来てくれ」

診察室にミュディ、シェリー、ローレライとクララベル、エルミナを集め、マーメイド族の町に行く話をした。シエラ様が女の子を連れていけって言っていたからな。

そして、なぜかこの二人もいる。

「アシュト様、新たな交易を行うのは賛成です。そろそろ冬が訪れますから食料は何かと多い方がいいですし、食事の幅が広がるのは住人にとってプラスになります。現在の収穫・貯蓄量なら、交易分に回す物資は十分にあるかと」

「ディアーナ様に賛成です。ご主人様」

ディアボロス族の文官ディアーナと、シルメリアさんだ。

まぁ、二人を連れていっても問題ないだろう。

交易全般をディアーナに任せているから、マーメイド族の件は話してあるけど、シルメリアさんは完全に海魚を狙っている。まるでネコ……まぁ、ネコなんだけど。

ミュディがのんびりと言う。

「マーメイド族かぁ……それに海。海って見たことないなぁ」

すると、シェリーがなぜか得意げに言う。

「あたし、軍の遠征で見たことあるわ。海って髪がベタベタになるのよねー」

続いて、クララベルとローレライも言った。

「わたしも海見たことある!!　ドラゴンの姿で飛び込んだー!!」

「海……キラキラしてとても綺麗よね」

エルミナはソファに寄りかかり、クッキーを齧《かじ》りながら言う。

「見たことあるけど、海にはあんまり行かないわねー」

基本的にみんな興味津々みたいだな。

というわけで、このメンバーで海へ向かうことになった。

ハイエルフの里を経由して、案内人を連れて海へ向かう。

マーメイド族の住んでいる海の近くに町があるそうだが、そこから先は案内人に聞くしかない。

それに、ミズギ?　とかいうのも必要になるらしいし……どうなることやら。

「よし、明日の早朝に出発だ」

マーメイド族か。どんな種族だろう。

◇◇◇◇◇◇

翌日、センティに乗ってハイエルフの里へ。

ミュアちゃんたちの世話は、シルメリアさんが他の銀猫に頼んだ。ウッドも行きたがっていたが、海水や潮風は木によくないとエルミナが言うので、置いていくことに。

メンバーは、先の通りだ。騎士団長のランスローさんとゴーヴァンさんが付いてくると言ったが、ローレライが却下した。ちょっと可哀想だけど仕方ないよね。

そして、センティの護衛をデーモンオーガに頼もうとしたら、意外な答えが返ってきた。

「う、海か……」

「むぅ……」

「バルギルドさん、ディアムドさん？」

「いや、実は、デーモンオーガは水に浮かんのだ……」

「我ら唯一の弱点とも言える……」

な、なんということでしょう。デーモンオーガの弱点は水でした。

そういえば、拡張したアスレチックで遊んでいたノーマちゃんとシンハくん、湖に叩き落とされて泣いてたっけ……あれ、ガチ泣きだったのはそういうことか。

「村長なら護衛などいらんだろう」

「ああ。あの魔法があれば問題ない」

「え、あの……」

「……すまん、水だけは勘弁してくれ」

「情けないが、どうしようもないのだ……」

これ以上、頼むワケにいかなかった。いつも当然のように引き受けてくれるから、なんか心細い。

先にセンティに乗って待っていたミュディたちのもとへ戻り、どうしたもんかと悩む。

そこで、自分でなんとかしてみようと『緑龍の知識書《ムルシエラゴ・グリモワール》』を取り出した。

「ん～……センティと俺たちの護衛をしてくれる魔法を」

＊＊＊＊＊＊＊＊＊＊＊＊＊＊＊＊＊＊＊＊＊＊＊＊＊＊＊＊

『植物魔法・召喚』
○緑色の狙撃手《ベヨーテ・ザ・マン》
カッコ可愛い植物の狙撃手!!

全身に生えた棘《とげ》であらゆるものを狙い撃ち!!

可愛いけど抱きしめちゃダメ。棘だらけになっちゃうゾ♪

＊＊＊＊＊＊＊＊＊＊＊＊＊＊＊＊＊＊＊＊＊＊＊＊＊＊＊＊

また召喚系か。説明文だけじゃよくわからん。

すると、ミュディがセンティから降りて俺の隣に来た。

「アシュト、どうするの？　護衛がいないと危ないんでしょ？」

「まぁ……よし、護衛を喚《よ》んでみるか」

杖を構え、召喚の詠唱をする。

「緑の狙撃手よ、緑龍ムルシエラゴの名の下に顕現《けんげん》せよ。我が名はアシュト、緑龍の眷属《けんぞく》にして緑の眷属なり!!　来たれ、『緑色の狙撃手《ベョーテ・ザ・マン》』!!」

杖を地面に向けると魔法円が展開、ボコッと緑の棒みたいなのが生えてきた。

長さは五十センチくらいだろうか。丸太のように太く、全体に棘が生えている。そして気になったのが先端……なんか、つばの広い帽子が載っていた。

「な、何よこれ？　ねぇアシュト」

「お、俺にもわからん」

「お兄ちゃん、また変なの出してる……」

「おいシェリー、変とはなんだ変とは」

エルミナが不審そうな目で見て、シェリーには引かれてしまった。

そして、緑の棒に変化が現れる。

緑の丸太のような植物から、ニョキッと手足みたいに緑色のものが生えてきた。手足と言っても指などはない。苔《こけ》の生えた丸太を人の形にした感じの、妙な物体だ。何より帽子を被ってるのがおかしい。

そして、帽子のすぐ下に黒い穴が空いた……なんか、目と口みたいだ。

「お兄ちゃんお兄ちゃん!!　なんか可愛いね!!」

テンションを上げるクララベル。

「そ、そうかな……」

「……アシュト、これは何？」

一方、ローレライは訝《いぶか》しんでいる。

「いや、護衛のつもりだけど……」

とりあえず、自信はないけどそう答えておいた。

緑色の手足を生やし、帽子を被せたような植物……本当に護衛になるのかな。

すると、驚くことに『緑色の狙撃手《ベヨーテ・ザ・マン》』が喋りだした。

『アシュト……オレノシゴトハナンダ？』

「おお、話せるのか。ええと、これから海に向かうから、護衛を頼む」

『フ、ドウチュウノゴエイハマカセナ。ドンナテキデモネライウツゼ!!』

「あ、ああ。よろしく」

五十センチくらいの『緑色の狙撃手《ベヨーテ・ザ・マン》』は、短い手で帽子をクイッと上げた。

「……私には理解できません」

「ご主人様、さすがです」

ディアーナは考えるのを放棄し、シルメリアさんは頭を下げる。

うん、俺もよくわからない。

『オジョウサン。オレノジツリョクヲ、ワカリヤスクミセテヤルゼ!!』

『緑色の狙撃手《ベヨーテ・ザ・マン》』はそう言うなり、手を近くの木に向けた。

『ファイア!!』

なんと、手から棘のようなものが発射された。

棘は木を貫通し、どこかへ飛んでいった……すごい。

『フッ……マ、コンナモンサ』

「す、すげぇ、やるじゃないか!!」

『フン、ゴエイハマカセナ、ベイビー』

なんか喋り方がおかしいが、頼りになるのはわかった。

「名前を付けておくか……じゃあ、今日からお前はベヨーテだ」

『フン、ワルクナイ』

「よし、そうと決まればみんなセンティに乗ってくれ。出発しよう!!」

ミュディたちがセンティに取り付けられた箱に乗り込んだのを確認し、俺はセンティに言う。

「センティ、ハイエルフの里まで頼む。そのあとは海まで行くからな」

『海っすか……ワイも見たことないなぁ』

俺も美味しい魚が泳いでいるってことくらいしか知らない。

美味しい魚が食べられると思うと、俺もテンションが上がってきた。

マーメイド族……待ってろよ!!

◇◇◇◇◇◇

ハイエルフの里に到着した俺たちは、挨拶もそこそこに案内人のもとへ行く。

「やっほーエルミナ、マーメイド族の町に行きたいんだって？」

「ええ、よろしくねシャンテ。私たち、マーメイド族のこと知らないし、いろいろ教えてよ」

案内人は、エルミナの友達であるハイエルフのシャンテ。

仕事は、マーメイド族との取引関係全般。マーメイド族のことならなんでもお任せだそうだ。

すると、シャンテは俺を見てニヤニヤする。

「それにしても……緑龍の村の村長サマが、エルミナの旦那さんとはねぇ」

「あ、あの」

「ちょっとシャンテ!!　変なこと言わないでさっさと仕事しなさい!!」

「はいは〜い。それにしても、可愛い子ばっかりだねぇ。み〜んな村長の奥さん？」

「私は文官です」

「私はメイドです」

ディアーナとシルメリアさんは否定し、それ以外は曖昧《あいまい》に微笑んだ。

クララベルですら、奥さんと言われるのに照れていた……可愛い。

「ま、いいや。じゃあマーメイド族の町に行こっか。あたしが案内するからセンティちゃんに乗った乗った」

センティに乗り、シャンテの案内で里を出発した。

シャンテは、乗り物酔いで青くなっている俺に説明してくれる。

「マーメイド族は、海の底に町を作ってるのは聞いたよね？　町の手前にある砂浜に、陸上で暮らしてるマーメイド族の村があるの。そこを目指すね」

「あ、あい……」

「あはは。顔、真っ青だね」

わ、笑い事じゃない……マジでキツい。

センティの奴、身体が長くなってから速度も上がってやがる……乗る人のことを考えてほしい。

マーメイド族の村……早く到着してくれ。

◇◇◇◇◇

森を抜け、ぬるっとした風が吹いた。

太陽が眩《まぶ》しく、日の照りつけも厳しい……急に気候が変わったみたいだ。

「着いたよ～」

「……うっぷ、つ、着いた？」

「やべぇ、吐きそう」

「あたしも……限界」

センティに括り付けられた箱の中でしゃがむ俺、エルミナ、シェリー。

ミュディ、ローレライ、クララベルは平然と前を見ている……

「アシュト、すごいよ……」

「え……」

ミュディが、前を見たままポツリと呟いた。

俺はフラフラしながら立ち上がり……吐き気が一瞬で消えた。

「おぉ……これが、海」

「そだよ。おっきいでしょ？」

シャンテが自慢げに言う。

目の前には、青くキラキラした光景が広がっていた。

海。とにかく海だ。海の先はどうなってるのかわからない、もしかして無限に海が続いてるんじゃないか……そんな光景だ。

すると、ベヨーテが日差しを浴びながら帽子をクイッと上げた。

『ヒザシガマブシイゼ……ドウヤラ、オレノデバンハモウネェミテェダナ』

「あ、ああ……護衛、ありがとな」

『イイサ。オレハモリデ、ニッコウヨクヲタノシマセテモラウ。カエリニヨンデクンナ』

そう言って、ベヨーテはスタスタ歩き去った……なんかカッコいいな。

そして、シャンテが言う。

「ここがマーメイド族の陸の村。ハイエルフは主にここで交流をしてるの」

「陸の村？　……あ、家がある」

綺麗なサラサラの砂の上に、木製の高床式の家が並んでいる。

村に入ると、若い女性がこっちに来た。

「お、シャンテじゃん。あれ、今日って取引日だっけ？」

「違う違う。里長から聞いてない？　新しくできた緑龍の村が取引したいって」

「あ、そんな話あったね」

俺は咄嗟《とっさ》に目を逸《そ》らした。

なぜなら……目の前の女性は下着姿だったから。

「あ、紹介するね……って、どうしたの村長」

「いや、まずいだろ……し、下着姿だぞ」

「あ〜……大丈夫大丈夫。これ下着じゃない、ミズギっていうの」

「み、ミズギ？」

「うん。水の中で着る服」

シャンテがケラケラ笑いながら説明してくれた。

どうやらこの下着みたいなのが、シエラ様が言っていたミズギという服らしい。

というかこれが服ってヤバいだろ。胸と局部しか隠れていない。

「紹介するね。彼女はギーナ、ここ陸の村に住むマーメイド族だよ」

「はじめまして〜、あたしはギーナ。シャンテとは長い付き合いでね、よくしてもらってるの」

俺以外の面々も各々《おのおの》自己紹介をする。

そして、ギーナは俺の前に来て手を差し出した……気がする。目を背《そむ》けてるからなんとなくしかわからない。

シャンテは両手で俺の顔を挟んでギーナの方を向かせようとする。

「ほら村長、ちゃんと挨拶しないとギーナに失礼っしょ？」

「で、でも……」

「あはは。他種族ってホンット不思議。肌が見えるくらいで顔が赤くなっちゃうなんて」

「うぐぅ……」

俺は、ゆっくり前を見た。

ギーナはニッコリ笑い、俺の手を取ってブンブンと振った。

「よろしくね、村長サマ!!」

「よ、よろしく……」

う……胸の谷間が見える。それに、下が腰布だけというのは……

すると、若い男の声が聞こえた。

「おいギーナ、遊んでるなよ。緑龍の村の使者が来たら、丁重にもてなせって言われてるんだからな」

「わかってるよ～」

「きゃっ」

「わわっ」

「す、すごいわね」

その時、ミュディ、エルミナ、シェリーが声を上げた。

何かと思って見ると、そこにはイケメンの半裸男がいた。下半身だけ膝下までのズボンを穿《は》いている。

「おっと失礼。オレはシード、マーメイド族だ」

シードは、細マッチョのイケメンだった。

なんで上半身だけ裸なんだろう。そりゃ全裸じゃまずいのはわかるけど……そうか、これが男版のミズギなのか。

「緑龍の村の使者が来たら、ミズギに着替えさせて村を案内するように言われている。ギーナは女性たちを、オレは村長を案内する。こっちに来てくれ」

「じゃあ、あたしは帰るね～」

シャンテはセンティのいる方へ帰っていった。

ギーナが女性陣を案内する。

「はいは～い。みんな、可愛いミズギいっぱいあるから、お着替えしましょうね～!!　ふふふ、こんなに美人でスタイルがいいと、何を着ても映えるわ～」

すると、ディアーナが一歩身を引いて言った。

「あ、あの。私は結構です」

「ダメダメ。ここではミズギが正装なんだから、ちゃんとしないと長に会えないよ？」

「で、ですが……私は文官として」

ディアーナがたじろいでいると、ローレライが言う。

「諦《あきら》めなさいディアーナ。ドラゴンロード王国にはこんな言葉があるわ。『郷《ごう》に入《い》っては郷に従え』……つまり、マーメイド族の流儀に従うということよ」

「ろ、ローレライ様……」

「ミズギかぁ、ねぇねぇシェリー、楽しみだね!!」

「あ、あたしは別に……」

「シルメリアさん、どうしたんですか？」

「……いえ、あそこに魚が干してあるのが気になって」

なんか、ディアーナ以外ノリノリだ。シルメリアさんはちょっと違う気もするが。

女性たちはギーナに押されるようにして大きな家に連れていかれ、俺はシードと一緒に別の小屋へ行く。

小屋の中には、シードが穿いているようなズボンがたくさんあった。

「服を脱いで、これを穿いてくれ」

「あの、上半身裸で？」

「もちろん、男はサーフパンツだけだ」

「はぁ……」

とりあえず、言われた通りに服を脱ぎ、サーフパンツとやらを穿く。色は森のような深緑にした。

「どうしてこんな格好を？」

普通に服を着ればいいのに、という意味で質問したら、予想外の答えが返ってきた。

「さぁな。以前は男も女も全裸だったけど、取引をするに当たって、男は局部を、女は乳房と局部を隠すという条件をつけられてな。よくわからんが了承した」

「………………」

「まったく、他種族の考えはわからんよ。生殖器など、どの種族でも付いてるだろうに、なぜ隠す必要がある？　女の乳房だってただの授乳器官だろう？　陸の男はそれを直視できないというのだからワケがわからん」

「………………」

「そのため、マーメイド族はミズギを着用するというルールを作った。正直、こんな布切れいらんのだが、仕方ない」

「………………」

マーメイド族……とんでもない種族のようだ。

「さて、着替えが終わったら外で待つか。女性陣と合流したら、海の底へ案内しよう」

「はい……って、海の底？」

「ああ。マーメイド族の町は海の底にある。ここは交易を行う商人たちのために作った村だ」

「そ、そういえばそんなこと言ってたな……」

マーメイド族は、海の底に町を作り、漁業で生計を立てていると。

俺は杖と『緑龍の知識書《ムルシエラゴ・グリモワール》』を持ち、シードと一緒に外へ。

砂浜に一歩踏み出すと、足の裏が焼けるように熱かった。

「あっち⁉　あちちちっ‼」

「ははは、砂浜は熱いがすぐに慣れる」

「いやいやあっついっすよ⁉　あちちちっ」

砂浜だけじゃなく気温も高いし、水浴びしたら気持ちがいいだろう。

「すまん、長に報告してくるから、少し待っててくれ」

「あ、はい」

そう言って、シードは海に向かう。

海には栈橋《さんばし》があり、その先端まで行くと、シードは海に飛び込んだ。

「おお……なんか気持ちよさそう」

「ふふ、ここの日差しは年中変わらない暑さだからねぇ。バカンスには最適なのよ♪」

「はぁ……これから冬が来るっていうのに、オーベルシュタインの天気ってほんとよくわからなぅおぉぉぉぉっ⁉」

「はぁ～い♪　あろ～は～♪」

し、シエラ様……いつの間に。

うーん、慣れたつもりだけど、タイミングによってはまだ驚くな。

「…………」

「うふふ、どうしたのかなぁ～？」

「い、いえ……」

し、シエラ様……ミズギ、だよな？

どこから用意したのか、大きな日除《ひよ》け傘を砂浜に差し、身体全体を横たえるような形の椅子に寝そべっている。

着ている服はおそらくミズギで、ギーナみたいに肌の露出が多い。

麦わら帽子を被り、真っ黒なメガネまでかけている……く、直視できない。

「アシュトくん。海でのマナーを教えてあげる」

「ま、マナー？」

「そ、海ではね、女の子のミズギ姿を褒《ほ》めないとダメよ!! それと、日焼け止めクリームを塗ってあげるのもマナー!!」

「ク、クリームを塗るんですか？」

「そうよ。ミュディちゃんやシェリーちゃんはお肌が弱いからね。今回は私の日焼け止めクリームをあげる。いい？ ミズギ姿を褒めて、日焼け止めクリームを塗る!! はい復唱!!」

「ミズギ姿を褒めて、日焼け止めクリームを塗る……」

「はい、よくできました♪」

シエラ様は立ち上がり、スライム製の瓶《びん》に入ったクリームを渡してくれた。

受け取り、蓋《ふた》を開けると……なんだか甘い匂いがする。

「私が作った特製よ。塗って海に入っても落ちることはないから安心してね」

「は、はぁ……」

「ふふ、しっかりね、アシュトくん!!」

「……………」

クリームを指に取り、自分の腕に塗ってみた。

滑《なめ》らかでひんやりしている。気持ちいいかも。

「それとアシュトくん……プロポーズ、素敵だったわ♪」

「え……あ」

シエラ様は、またしても消えていた。

第七章　背中にクリームを塗りましょう

自分の身体にクリームを塗ってポケーッとしていると、背後からギーナの声が聞こえた。

「おまたせー♪」

「ん、みんな来た……か」

俺は硬直して、クリームの瓶を落としてしまった。

そこには……とても綺麗な彼女たちがいた。

「あ、あはは……は、恥ずかしいね」

「ミュディ、これは正装よ正装……そう思うしかないわ」

先頭にいたのはミュディとシェリーだ。

ミュディは、白地のブラジャーに似たトップスとパンツ（ビキニと言うらしい。あとで知った）に、腰にはカラフルな布（こちらはパレオと言うらしい）を巻いている。長い金髪は結《ゆ》わえていた。

シェリーは少し違う。青いトップスに短パン（タンクトップビキニと言うらしい）みたいなミズギで、髪型はポニーテールにしていた。

「うーん……動きやすいけど、ちょいハズいわね」

「エルミナ、とても似合ってるわよ」

「ローレライもね。もちろん、クララベルも」

「えへへ、ありがとー!!」

エルミナは緑のトップス（三角ビキニトップと言うらしい）にパンツのみ。肌の露出がヤバい。

ローレライは、紫色の脇から胴体を包むようなトップス（チューブトップと言うそうだ）にパンツ、そして麦わら帽子だ。というかあのトップス、簡単にズレそうだぞ。

クララベルは、カラフルなワンピースみたいなミズギだった。この中で一番子供っぽいかも。

「……なぜ、私まで」

「あそこに干してある魚、どうやって食べるのでしょうか？」

ディアーナは、胸を強調するような黒いトップス（クロスホルタービキニという名称らしい）にラインのきわどいパンツだ。というかディアーナ、脱ぐとめっちゃすごいんだな……いやはや、ミュディやローレライと（何がとは言わないが）タメ張るわ。格好もこの中で一番攻めているかも。

魚に気を取られているシルメリアさんは、上下一体型（キョーエイミズギ？　と言うらしい）だ。

なんかピチピチで身体のラインが丸わかり。これはこれでヤバい。

「ぬふふ、どーよ村長。陸の男はこういうのが好きなんでしょ？」

ギーナが肩を組み、耳元でボソボソ言う。

「………ぅん」

この野郎……からかってるな。

おっとそうだ。ミズギの女の子に対してのマナーがあるんだっけ。

「みんな、すっごく似合ってる。見惚《みと》れたよ」

「「「「「えっ……」」」」」

「おぉ!?　村長、いいんじゃないの!!」

みんな、顔を赤くしてしまった……これでいいのかな？　というかギーナ、うるさいよ。

「あと、ミュディとシェリー。クリームを塗るからこっちに来て背中を出して」

「は、はぁ!?　お、お兄ちゃん何言ってんの!?」

「え？　海では女の子の背中にクリームを塗るのがマナーなんだろ？」

「アシュト、そのマナー誰から聞いたの？」

「シエラ様だけど」

「……ありがとうございます、シエラ様。じゃあシェリーちゃん、どっちが先？」

「ちょ、ミュディ⁉　なんかプロポーズ受けてから積極的すぎない⁉」

「アシュト、ミュディとシェリーだけなのかしら？」

ローレライが質問してきた。

「ん、ああ。ミュディとシェリーは肌が弱いからな。ローレライとクララベルはドラゴンだし、エルミナは……まぁ、必要なさそうだし。ディアーナとシルメリアさんはよければ塗るけど」

「ちょ、私には必要ないってどーいうことよ‼」

憤慨《ふんがい》するエルミナ。

ローレライも不服そうだ。

「……ドラゴンだからという理由は許せないわね。私にも塗ってもらおうかしら？」

その横で、クララベルは無邪気にはしゃいでいる。

「ねーねーシルメリア、海に入りたい‼」

「クララベル様、まだダメですよ」

諭《さと》すシルメリアさんから少し離れたところでは、ディアーナが顔を手で覆《おお》っている。

「……帰りたいです。こんな姿、お兄様に見られたら……」

なんというか、一気に騒がしくなった。

ギーナは、俺にだけ聞こえるように言った。

「くくっ……こんな面白い客人は久しぶりだよ‼」

そうですか……ま、俺も賑やかなのは楽しいけどね。

◇◇◇◇◇◇

「アシュト……や、優しくね？」

「は、はい……い、行くぞ」

現在、俺たちは海底の町……ではなく、まだ浜辺にいた。

クリームを塗る順番でけっこう揉めたんだよな。

意外にも順番に関してはミュディとローレライが熱くなり……クジの結果、最初はミュディに塗ることになったのである。

シエラ様が使っていた大きな傘（ビーチパラソルと言うらしい）が残っていたので、その下にシートを敷き、ミュディがうつ伏せになって寝る。

「ねぇアシュト、みんなは？」

「え、ああ……遊んでるよ」

「そ、そう」

緊張しているのか、ミュディが聞く。

ローレライはシエラ様の残した椅子（ビーチチェアと言うらしい）に座り、シェリーはエルミナとクララベルに波打ち際に連れていかれ、シルメリアさんは干してある魚をじっと見ていた。

ディアーナは……全身すっぽりとローブを着て、ビーチパラソルの隅でじっとしている。

「………」

なんというか、声をかけられる雰囲気じゃなかった。

とりあえず、目の前のミュディに全神経を集中させる。

「ええと……この紐《ひも》、外していいか？」

「……ど、どうぞ」

これ、トップスの紐だよな……無心無心。

紐を外すと、ミュディの真っ白な背中があらわになる。やばい……めっちゃ綺麗だ。

クリームの蓋を開け、少し多めに手に取る……そして。

「ひゃぁっ⁉」

「うわわっ、ごめんっ‼」

背中に触れた途端、ミュディが大きく跳ねた。

どうやら冷たくてビックリしたようだけど……続けていいのかな。

「あ、あの……ミュディ？」

「ご、ごめん。続けて」

「お、おう」

「……んっ」

クリームを満遍《まんべん》なく塗りたくる。

ミュディの背中がツルツルになっていく。

うーん……すごい綺麗。なんだこれ、ちょっとした拷問《ごうもん》だぞ……

こうして、ミュディの背中塗りは悶々《もんもん》としたまま終わった。

お次はシェリーの番だ。

「はぁ～……キモチいいよ、お兄ちゃん」

「そうか……なんか、お前の背中って安心する」

「は？」

シェリーの背中は細く、肌もきめ細かい。

ミュディのような色っぽい声は出さず、マッサージを楽しむような声だった。

おかげで、悶々とした気持ちが静まっていく。

「ね、ねぇお兄ちゃん……あたしの背中、ドキドキする？」

「は？　何言ってるんだ？」

「………」

「いってぇ！」

なぜか殴られた。

その次はローレライ。

「アシュト……お願いね」

「お、おう……」

なんというか、シェリーで落ち着いた気持ちが一気に昂《たかぶ》る。

ローレライのミズギには紐がなく、トップスを脱ぐと完全に上半身裸だ。

以前、怪我の治療のために服を脱がしたことはあるが、今回はシチュエーションがまるで違う。薬師の視点で患者を診《み》る裸と、普段の視点で見る裸はまるで違う。

「ねぇアシュト……私の背中、綺麗？」

「う、うん……すっごい綺麗です」

めっちゃ眩《まぶ》しかった。

とはいえ三人目となると、塗るのにも慣れる。ローレライの背中に手際よくクリームを塗りたくる。

塗り終えると、ローレライが立ち上がって言った。

「じゃあ、次はディアーナね」

「え……わ、私は結構です」

「駄目。あなたの綺麗な肌を日焼けさせるわけにはいかないわ。アシュト、ディアーナの背中にもクリームを塗りなさい」

「は……はい」

「お……お願い、します」

観念したようにミズギを外して寝そべるディアーナ。

顔は見えないが、耳が真っ赤になっている……恥ずかしいのか。

ディアーナの背中は細くて白い。そして、寝そべることにより大きな乳がムニュッとつぶれてけしからんことに……

ごほん。とりあえず、クリーム塗りまーす。

「ん……」

ディアーナの背中が、ビクッと跳ねる。

黒い髪がハラリと流れ、緊張からか背中に赤みが増していく。

異性に触れられたことがないような、とても初心な反応だった。

「ディアーナ、大丈夫か？」

「は、はいっ……その、平気です」

ディアーナはいつもきりっとした仕事人間なだけに、こういう少女みたいな反応を見ると、とても可愛らしく感じる。

普段の鉄仮面がまるで嘘のようで、こういうことをするうちに心を開いてくれればいいとも思ったり。

「ディアーナ、この町に来た目的は、マーメイド族との交易関係を築くことだ。俺たちの目的は新鮮な魚を手に入れること。こちらからの対価は？」

「んっ……わ、私たちからは、お酒をっ、対価にっ……か、考えていまっ……す」

「ああ。ディアーナのおかげで、セントウ酒の生産が一気に三倍になったからな。村で飲む分はもちろん、ハイエルフやワーウルフ族、ブラックモール族に卸《おろ》してもなお余る。マーメイド族が気に入るといいけどな」

「は、いっ……」

うーん、気を紛《まぎ》らわせてあげようと仕事の話をしてみたけど、あんまり意味がなかったかな。

「よし、終わり。ディアーナ、マーメイド族との交渉は任せるぞ。ベルゼブブでルシファーの秘書だった手腕、期待しているよ」

背中を塗り終え、俺は真面目に言った。

これからマーメイド族との交渉だ。ディアーナの力が必要になるだろう。

するとディアーナの声がいつもの仕事モードになり、身を起こして俺に向き直る。

「お任せくださいアシュト様。魚を手に入れることができれば、村の食卓に彩《いろど》りが加わります。これから冬が来ますので、食料の備蓄だけでなく、食に対して楽しみが持てるような環境も整備すべきかと。まずは魚を手に入れ、可能ならマーメイド族から魚料理のレシピ……どうなさいました？」

「あ……い、いや、ディアーナ……その」

「アシュト様。これからマーメイド族との交渉です。気になることがあるなら言ってください」

「き、気になるというか……」

「アシュト様？」

俺は、ディアーナから視線を外す。

真面目なディアーナは気が付いていないのか。

「その、む、胸が……」

「え……？　……………………あ」

さっきまでミズギを外してクリームを塗っていたわけで。

そしてディアーナは俺と話をするために身を起こして座っている……ミズギを着け直さずに。

えー、つまり……ディアーナは胸が丸出しになっていた。

「…………」

「…………」

ディアーナは俺を見て、自分の胸を見て、再び俺を見る。

ええと……丸見えです。隠してください。

「ひっ……え……い、やぁぁぁぁぁぁぁぁぁっ!!」

ディアーナの絶叫が、浜辺に響いた。

第八章　海底の町

ディアーナの胸をモロに見てしまった。

ミュディやローレライよりもデカくて柔らかそう……って、そんなことはどうでもいい。

クリームを塗り終え、全員を集めた。

するとニヤニヤしてるギーナが言う。

「いやー、こんな楽しい客人は久しぶりだよ」

「そりゃどうも……」

「ぷくく。おっと失礼、もうすぐシードが戻ってくるから、戻ってきたら海の町に行こっか」

「おう。と言いたいけど、どうやって行くんだ？　人間は水の中で呼吸できないぞ」

「それならお任せ。水中でも呼吸できるようになる魔法があるからさ」

そんな都合のいい魔法があるとは驚いた。

とはいえ、水の中は怖い……

「安心しなよ。昔のマーメイド族が、多種族と交流するために作り出した魔法なんだって」

ギーナに案内され、海に続く桟橋へ移動する。

どうやら、ここから飛び込んで海の町へ向かうようだけど……

その時、海面からシードが顔を出す。

「っぷは!!　お、ちょうどよかった。長に伝えてきたから、さっそく行こう」

「じゃ、魔法をかけるからね～」

「よ、よろしく」

ギーナの指先に魔力が集まり、俺たちに放出する。

杖なしで魔法を使えるのは羨ましいな。杖を使うのは人間だけなのか。

「よし終わり、じゃあみんな、付いてきて～」

ギーナが海に飛び込んで言った。

「ほらほら、魔法をかけたからもう大丈夫だって。案内するから入った入った」

「バカ。海に馴染みのない人間たちが、いきなり飛び込めるかよ」

「うっさいなぁ～」

シードとギーナが言い合うのを尻目に、俺はみんなに向き直る。

「みんな、俺が先に入る……待っててくれ」

「アシュト……」

「お兄ちゃん……大丈夫なの？」

ミュディとシェリーが心配するが、行くしかない。

俺は桟橋に座り、両足を海に浸ける……おお、冷たすぎず温かすぎず、気持ちいいかも。

桟橋に掴《つか》まりながら、ゆっくり海の中へ。

肩まで水に浸かり………手を離した。

「すぅぅ～～～～ッ!!　ハァブッ!!」

息を思いきり吸い込み、いざ海の中へ!!

ゴボゴボゴボと水の音が聞こえ、全身が水に浸かる。

目と口を閉じたまま耐えていると……

「アシュト村長、大丈夫だ。ゆっくり目を開けて……」

「…………っ」

目を開けると、目の前にシードがいた。

シードは上半身裸で、下半身は魚のようになっていた。

「大丈夫。呼吸もできるし声も出せる。そういう魔法だからな」

「……」

「口を開けて。海水は口に入ってこない、代わりに空気が入ってくるから」

「すぅ……すぅ～っ、あ!!　あいうえお!!　すげぇ、ホントだ!!」

マジで水中で呼吸できた。しかも喋れる。

にっかり笑うシードと、その後ろで手を振るギーナ。

「アシュト村長、泳いだことは？」

「な、ない……」

「なら、力を抜いて身体を伸ばして、足を小刻みにばたつかせて手で漕《こ》ぐんだ。そうすれば前に進む。慣れれば水中で自由に動けるよ」

「わ、わかった」

言われたとおり、身体を伸ばして足をばたつかせ手で水を漕ぐと、水の中を移動できた。それに、不思議と身体が軽い。

「どうだい、動けるだろ？」

「あ、ああ。水の中ってすごいな」

「水中で呼吸できるし、水の抵抗も減らす魔法だからな」

「へぇ～……っと、ミュディたちを呼んでこないと。水の中は快適だってな」

俺は海面を目指して浮上する。

「っぷは!!」

「アシュト!!」

「お兄ちゃん大丈夫!?」

「ご主人様!!」

「アシュト様、ご無事で!!」

ローレライとクララベル、シルメリアさんとディアーナが心配していた。

心配してくれたのは嬉しいが、俺は笑いを止められない。

「みんなも入れよ、海の中すっごい気持ちいいぞ!!」

「あ、アシュト?」

「マジですごいぞ。呼吸できるし身体は軽いし……入ればわかるって」

「じゃあわたし行くーっ!!」

「あ、待ちなさいクララベル!! 私も行くっ!!」

クララベルが飛び込み、エルミナも負けじと続く。俺も再び海の中へ。

すると、さっそくはしゃぎ回って泳ぐクララベルがいた。

「すっごいすっごい!! きんもちいぃ～～ッ!!」

「あはは、クララベルちゃん泳ぐの上手いねぇ」

「ねぇギーナ、追いかけっこしよ!!」

「お、マーメイド族のあたしに挑むとは面白い!!」

ギーナとクララベルが海中鬼ごっこを始めると、他の女性陣も次々入ってきた。

「何これすっご!!　ねぇアシュト、海すごいわね!!」

「ああ、マジですごい。俺、めっちゃ感動してる!!」

俺とエルミナのテンションは絶好調。海中で自在に泳ぎながら追いかけっこする。

「わぁ……すごい」

「本当ね……」

「うん。息ができるのもすごいけど……この景色」

「ええ、太陽がキラキラして、海面が淡いブルーに光ってる……」

ミュディとローレライは、海中を漂いながら仰向《あおむ》けになって空を見上げていた。

確かに、ユラユラと光が差し込んで綺麗だ。海の透明度が高いからとても明るい。

「………確かにすごいですが、ちょっと怖いですね」

「ど、同感です……でも、お魚がたくさん……」

「あなた、というか銀猫族は魚好きでしたね……」

ディアーナとシルメリアさんは、ちょっと怖がっている。

一通り海中を満喫すると、シードとギーナが細い棒を持ってきた。

「なんだ、それ？」

棒には、取っ手のような部分が付いている。

「海中に慣れてきたようだし、これで一気に海底の町まで行くぞ。オレとギーナがこの棒を持って泳ぐから、アシュト村長たちはこれに掴まりな」

つまり、海中の馬車みたいなもんか。

俺、エルミナ、ミュディ、シェリーはシードの棒に掴まり、残りはギーナの棒に掴まった。

「じゃ、行くぞ。しっかり握ってろよ」

「ではでは、海底の町にごあんな〜い♪」

シードとギーナは棒を掴んだまま海底に向けて泳ぎ出す。

俺たちのためにスピード調整してるのか、水中で身体の負担が少ないからか、けっこうなスピードが出てるにもかかわらず、快適そのものだった。

そして、いよいよ海底の町へ。

◇◇◇◇◇

海底に到着すると、何人ものマーメイド族が出迎えてくれた。

全員、下半身が魚で上半身が人間だ。大人も子供もみんな魚……こんな種族が海にいたなんて、オーベルシュタインはやはり広い。

「マーメイド族の町へようこそ!!」

「人間にハイエルフに、あら、銀猫族やディアボロス族も。こんなにたくさんの種族が来るなんて久しぶりね」

マーメイドたちは来客が嬉しいのか、わらわら集まってくる。

女性陣は楽しそうに交流していた。

シードが俺の肩をポンと叩いた。

「さっそく長のところへ案内するよ。と、休まなくて平気か？」

「ああ。大丈夫……正直、直視できないから早く行こう」

マーメイド族の女性、みんなミズギだからな……お腹いっぱいだよ。

俺は町を眺める。

まず、当たり前だが木々はない。代わりに、サンゴという海の植物が生えていた。

マーメイド族の住居は岩をくり抜いたドーム型で、窓も入口のドアもない。しかも、至るところに岩山があり、マーメイド族の子供たちの遊び場になってるようだ。

「……う～ん」

どこを見ても、マーメイド族だ。

上半身は人間と変わらず、下半身は魚のように変化している。今気が付いたが、耳はエラのようになっていた。

「さ、行こうか。それと、お仲間はどうする？　アシュト村長だけでいいなら、ギーナに町を案内させるけど」

「ん～、みんな楽しそうだし、それでもいいか」

すると、ディアーナとシルメリアさんは俺の傍へ。

「私の役目は交渉です」

「私はご主人様の傍に」

「わかった。おーいミュディ、俺たちマーメイド族の長に会ってくるから、みんなを連れて観光してこいよ!!」

そう言ったら、ミュディたちの返事が聞こえる。

「わかった!! 悪いけどお願いねーっ!!」

「お兄ちゃん、デレデレしちゃダメだからねーっ!!」

「悪いけど楽しんでくるわーっ!!」

「ふふ、終わったらアシュトも一緒にね!!」

「おにーちゃんあとでねーっ!!」

そして、何人かのマーメイドたちと一緒に、ミュディたちは町中へ泳いで向かった。

まぁ、ミュディたちを連れてきた理由は、シエラ様に言われたからだしな。あとはのんびり過ごしてもらおう。

さて、俺たちはマーメイド族の長と対面だな。

第九章　女の子たちの海底散歩

アシュトとディアーナとシルメリアは、シードに連れられマーメイド族の長のもとへ向かった。

ミュディたちは町を観光するため、ギーナの案内でゆっくり泳ぎはじめる。

ギーナは、友達のマーメイド族を紹介した。

「あたしの友達のウェイブと、その妹でミコ。みんな、よろしくね」

「はじめまして～♪　うちはウェイブ、よろしく～」

「ミコです。よろしくね」

ウェイブはくるっと回転して手を振り、ミコはぺこっと頭を下げた。

「わたし、ミュディです。よろしくね」

「シェリーよ。海って最高ね‼」

「エルミナでーす。よろしく～」

「ローレライよ。初めまして」

「クララベルでーす‼」

それぞれ自己紹介を終え、海底をのんびり泳ぐ。

泳ぎながら、エルミナがギーナに質問した。

「あのさ、この町ってかなり広いわよね」

「岩場ばかりだけね。岩の隙間とかに住んでるマーメイド族もいるし、あたしたちだって、いろんなところに家を持ってるよ」

そこに、ウェイブとミコが続く。

「海は広いよ～？　あ、せっかくだし、エルミナたちも家見つけたら？」

「海底は誰のものでもないので、きっと大丈夫です‼」

「おお、面白そうじゃん。ねぇみんな」

「そうね……あら？」

ローレライが何かを見つけ、ギーナたちから離れて拾った。

「これは、貝ね」

「わお。ブルーシェルじゃん」

ウェイブがローレライの手元を見つめる。

青く透き通る宝石のような貝殻だ。中身は魚に食べられたらしく、貝殻だけだった。

その貝殻の輝きにミュディは見惚れた。

「綺麗……」

「確かに。ねぇギーナ、この貝殻って珍しいの？」

シェリーの質問に、ギーナは頷いた。

「『カラーシェル』だね。貝殻はけっこう落ちてるけど、それは珍しいよ。ちなみにカラーシェルを加工すればアクセサリーになるんだ」

「カラーシェルのアクセサリーは、地上の人たちに人気なんですよ」

ミコがそう言うと、クララベルが挙手した。

「はいはーい‼　カラーシェル探したい‼　アクセサリー欲しい‼」

「あたしも欲しい‼」

シェリーも手を挙げた。さらにミュディが控えめに挙手。エルミナが続き、カラーシェルを眺めていたローレライがにっこり笑った。

そして、ウェイブが言う。

「じゃ、町を回ったあとにカラーシェル探しをしよう‼」

こうして彼女たちは、海の町でアクセサリー造りをすることにした。

◇◇◇◇◇◇

マーメイド族の町には、いろんなお店があった。通貨制度も取り入れられており、しかも使われていたのはアシュトの村でも流通するベルゼ通貨。紙幣は使わずに、硬貨のみでのやり取りをしていた。

これには、シェリーが驚く。

「まさか、お金があるなんて……ねぇウェイブ、このお金って」

「ん、これね、昔ここに取引しに来たデヴィル族が使わないかって提案してきたの。地上で暮らしてるマーメイド族もいるしね」

「あ、そっか……って、デヴィル族と取引してんの？」

「うん。お魚とか、さっき言ったカラーシェルとか、地上の町で売ってるんだってさ」

案内されて向かったのは、カラーシェルのお店や海産物を売っている店だ。さらに、魚の骨や地上から落ちてきた金属を加工したものなどを売っている。

土産屋を覗《のぞ》いていた時、ミュディが尋ねる。

「ねぇ、金属って……錆《さ》びないの？」

ミュディが見たのは、船のパーツやネジ、ボルトなどを加工したアクセサリーだ。

ミコが苦笑しつつ答える。

「そうなんです。地上の金属はいい素材なんですが、海水ではそう長く保《も》ちません。食器や調理道具などは金属がいいんですけど、一月もすると錆びちゃいますね」

「そうなんだ……」

すると、何かを閃《ひらめ》いたエルミナが言う。

「あ、じゃあさ、ミスリルにしたらいいんじゃない？　ミスリルは腐食しない金属だし、緑龍の村の鉱山でいっぱい採れるから、食器とか調理道具とかに最適かも‼」

「確かに……ねぇ、アシュトに提案してみない？」

ローレライが言うと、ミュディたちが頷く。

だがその前に、とウェイブが言った。

「よくわかんないけど、カラーシェルを先に探さない～？」

「うんうん‼　わたし、貝殻探したーい‼」

クララベルは難しい話が嫌だとばかりに、ウェイブの隣ではしゃいでいた。

急ぐ話でもないし、ミスリルの件はあと回しにして、彼女たちはカラーシェル採取に向かうことにした。

◇◇◇◇◇

クララベルが、岩場に寄り掛かりながらぼやいた。

「見つからないー……」

カラーシェルは岩場の隙間や、砂に埋まっていることが多い。

特徴は、宝石のような輝きだ。色は様々で、赤や青、黄色や緑など鮮《あざ》やかだ。

先ほどローレライが見つけたのは、サファイアのような輝きのカラーシェルである。

「お、見っけ‼」

エルミナが、二枚貝のような緑色のカラーシェルを見つけた。

「おっし、あたしも見っけ‼」

シェリーが、水色の輝きのカラーシェルを見つけて掲げる。

「あ、わたしも」

ミュディは、ピンクに輝くホタテ貝のようなカラーシェルを見つけた。

みんなが見つけているのに、クララベルだけ見つけられない。

「ううー……」

「クララベル。諦めずに探すわよ」

「姉さま……」

クララベルを励まし、ローレライはクララベルと一緒に探す。

ギーナとウェイブ、ミコもカラーシェルを見つけた。そして……

「………あ‼　姉さま、あれ‼」

クララベルが、岩と岩の隙間の奥に、乳白色のカラーシェルを見つけた。

だが、手を伸ばしても届かない。

ミュディたちも集まり、全員で隙間に手をねじ込むが……どうしても届かなかった。

ミコが、残念そうに言う。

「乳白色のカラーシェル……わたし、見たことないです。けっこう珍しいのかも」

「うちもないな〜……ギーナは？」

「見たことない。ん〜……でも、この隙間、あたしたちじゃ手が届かないよねぇ」

だが、クララベルは諦めない。

「むぅぅ〜……ねぇギーナ、この辺の岩場、ちょっとだけ動かしてもいい？」

「え？　……まぁ、いいけど」

「よーし!!」

すると、クララベルはミズギを脱ぎ、真っ白なドラゴンに変身した。

龍人の変身を見たことがないギーナたちは仰天《ぎょうてん》する。

『よーし!!　姉さま、岩をどかすから、カラーシェルをお願い!!』

「はいはい……仕方ないわね」

ドラゴンの姿のクララベルにならし、岩を動かすことができる。

岩は軽々と動き、ローレライが乳白色のカラーシェルを掴んだ。

巻貝のような、乳白色の貝だ。

クララベルは人型に戻り、ミズギを着直してローレライからカラーシェルを受け取る。

「やったー!!　キレイ……」

「りゅ、龍人ってすごいねぇ……ウェイブ、ミコ、いいもん見たね」

「う、うん。人がドラゴンに……」

「あ、あの……もう一回、見せてもらえませんか？」

「え、いいよー!!」

ミコのリクエストに応《こた》え、クララベルは変身した。ついでとばかりにローレライも。

その後、ディアーナとシルメリア用のカラーシェルも採取し、町に戻って加工することにした。

ミュディたちは、カラーシェルのアクセサリーというお土産を手に入れ、大満足だった。

第十章　マーメイド族の長ロザミア

俺たちはゆっくりと泳いでいる。

途中で、海で狩りをしてきたらしいマーメイド族の集団や、ミュアちゃんたちと同年代くらいのマーメイド少女たちとすれ違った。

すれ違うマーメイド族を見ながら、ディアーナは呟いた。

「……ふむ、なるほど」

「ん、どうしたディアーナ？」

「いえ、いろいろと観察を」

はて、どういうことだろうか？　シルメリアさんは、そこらを泳いでる小魚に夢中だし。

「見えた。あそこが長の家だ」

シードが指差したのは、岩を削ってドーム型にした、普通の家より少し大きな家だった。

家の外壁には、貝殻やキラキラした宝石のようなものが埋め込まれている。オシャレだな。

家の少し手前で、シードが言った。

「じゃ、ちょっと長のところに行ってくる。待っててくれ」

シードは、スイーッと泳いで家の中へ。

それから三分と経たず戻ってきた。

「いいぞ。長が待ってる」

「わかった。ディアーナ、シルメリアさん、行くよ」

ディアーナが巨乳を揺らし、シルメリアさんがネコ尻尾を揺らす。

シードに案内され、長の家に入った。そして……

「よくぞ参られた、地上人よ」

マーメイド族の長は、超巨乳のマーメイドだった。

「お初にお目にかかる。わらわはロザミア。マーメイド族の長にして『海龍アマツミカボシ』の眷属である」

「え……け、眷属？」

「そう、おぬしと、そこのおなごと同じじゃ」

俺と、ディアーナのことを指しているのだろう。

ディアーナも驚いていた。まさか、マーメイド族の長が神話七龍の眷属だとは。

「会えて嬉しいぞ。『緑龍ムルシエラゴ』の眷属アシュト、『夜龍ニュクス』の眷属ディアーナよ」

「え、お、俺の名前を？」

「わ、私も……？」

「ふふ。おぬしたちの名は聞いておるよ。かの緑龍ムルシエラゴ殿からな」

「え、シエラ様がここに？」

「うむ」

あの人、ホントになんでもありだな。

というか……この人、直視できない。

年齢は二十歳くらいにしか見えない。青いウェーブの長い髪、そして超巨乳だ。これがまずい。

「さて、さっそく仕事の話をしようか」

「はい。じゃあディアーナ、頼む」

「はい」

さて、俺は横から見学させていただきますか。

◇◇◇◇◇◇

ディアーナとロザミアさんは、交易の話を進めていた。

まず、緑龍の村に魚を卸してほしいとお願いし、対価として酒を提供すると伝える。

そしてディアーナは、手の上に魔法陣を出現させ、そこからセントウ酒を出した。

おいおい、転移魔法かよ……どうりで、「手ぶらでかまいません」とか言うわけだ。

「こちらは、緑龍の村の特産品『セントウ酒』です。地上にあるディアボロス族の町では、予約が十年待ちの超高級酒です。魚の対価としてこちらを出します」

「ほう、わらわも酒は嫌いじゃない……」

「どうぞ」

ロザミアさんが指をクイッと持ち上げると、ディアーナの手にあるセントウ酒が持ち上がる。そして、コルクが勝手に外れると、中のセントウ酒が瓶の口から噴き出て風船のように丸くなって浮かんだ。

これにはディアーナも驚いた。もちろん、俺とシルメリアさんも。

「ふむ、色はいい……味は」

ロザミアさんが指をパチッと鳴らすと、球状のセントウ酒が飴玉のようなサイズの小さな玉の集合体になった。

玉はフワフワと浮き、そのうちの一つをロザミアさんが指先に引き寄せる。そして、そのまま口の中へ。

あとで知ったが、マーメイド族の町では、酒は飲むものではなく球状にして食べるらしい。地上では普通に飲むそうだが。

そういやここ、海中だった。呼吸できるし、あまりに自由自在だから忘れそうになる。

「ほう!! これは素晴らしい……甘くまろやかな味わい、庶民的な味のようで、それでいて上流階級の貴族が嗜《たしな》む高級品にも感じ……何より、酒精が強い。酒好きにはたまらない味じゃの」

「お気に召していただけて何よりです。それでは……」

「うむ。取引を……と言いたいが、まだ弱い。酒以外に何が提示できる?」

「え……だ、ダメなんですか?」

思わず、口を出してしまった。

ロザミアさんはニッコリしたまま頷く……う、胸が揺れる。

困ったな。今まではセントウ酒が大絶賛されてきたから……まさかこれで足りないと言われるなんて、思わなかった。

するとディアーナはメガネをクイッとあげる。そういえば、水中でメガネって平気なのか？

「ロザミア様。ここに来る途中で拝見したのですが、マーメイド族の狩りではどのような武器をお使いに？」

「……なるほどな。くくく、マーメイド族の武器は石を削ったものを使っておる。金属では海水で腐食してしまうのでな、石を削り、石槍やナイフに加工している」

「では、こちらをご覧ください」

ディアーナは、再び魔法陣を展開し、剣や槍を何本か取り出した。

ロザミアさんは察したのか、ディアーナの説明を待つ。

「こちら、ミスリル製の剣と槍でございます。緑龍の村に住むエルダードワーフ渾身《こんしん》の武器です」

「ほぅ、エルダードワーフとは。希少種族ではないか」

「ええ。アシュト村長を慕い、自然と集まったのです」

「なるほど。だが、ミスリルは貴重な金属……」

「問題ありません。緑龍の村近郊に、巨大なミスリル鉱山があります。全貌の解明はまだまだですが、少なく見積もっても数万年分のミスリルが発掘できる見込みです」

「え、マジで？」

またまた俺。

そんなの知らなかった。ミスリルが数万年って、そんなのビッグバロッグ王国に流通させたら、ミスリルの価値がかなり下がるぞ。

「ご存じの通り、ミスリルは耐久性に優れ、海水程度では腐食しません。何より、エルダードワーフによるミスリル製品は最高級品です。狩りだけでなく、一般家庭に普及すれば、マーメイド族の生活は豊かになるでしょう」

「ほぉ……」

「以上が、緑龍の村から提供できる商品でございます」

「うむ、素晴らしい」

ディアーナは巨乳を揺らして礼をし、ロザミアさんは満足したように、超巨乳をぶるんぶるんさせて笑っていた。

こうして、マーメイド族と交易関係を結ぶことができた。

◇◇◇◇◇

ディアーナと俺で話を詰め、シルメリアさんにはマーメイド族が獲ってきた魚のチェックをお願いした。

マーメイド族は魚だけでなく、貝やカニも捕獲している。もちろんそれも交易リストに加える。

シルメリアさんは、とんでもなく興奮していた。

「なるほど、この魚は生でも食べられるのですね？」

「はい。内臓は食べられませんが、身は締まっていて脂《あぶら》がのっています。食べやすいサイズにカットして食べられますよ」

「ふむ、サシミというのですね……今までは焼き魚しか食べたことがなくて……」

「ふふ、川魚は生では食せませんが、海の魚は様々な調理法があります。いくつかレシピを伝授しましょう」

「お願いします‼」

と、こんな感じでロザミアさんの家にいたお手伝いさんにいろいろ聞いていた。

たぶん、ここで聞いたレシピは、村の銀猫たちにも伝わるんだろう。

「では、改めてこれからよろしく」

俺はシードに挨拶した。

「ああ、頼むよアシュト村長、ディアーナ」

「ええ、よき関係を」

「そうだね。ところでディアーナ、お前さん、いい乳を持ってるじゃないか」

「な、何を言ってるのです‼　こんなもの邪魔なだけです‼」

「はっはっは。照れるな照れるな。地上の男は乳が好きと聞いたぞ？」

「………」

ちなみに、俺はずっと黙っていた。

◇◇◇◇◇◇

その後、ミュディたちと合流した。

みんなマーメイド族の女の子と仲良くなったのか、貝殻を加工したアクセサリーを身に付けていた。そして俺と合流するなり言う。

「アシュト、お礼をしたいの。金属じゃ錆びちゃうから、ミスリルのアクセサリーを作っていいよね!?」

「見て見てお兄ちゃん、貝殻の髪留め、可愛いでしょ?」

「この貝殻アクセサリー、ハイエルフの里にも欲しいわ……」

「宝石では出せない、綺麗なものばかりね……ほら」

「お兄ちゃんお兄ちゃん、ツノに貝殻付けたー!!」

みんな、マーメイド族の町を満喫したようだ。

今度は子供たちも連れてこよう。

用事も済んだし、そろそろ帰るか。

「さ、みんな海面まで送るよー」

シードとギーナに海面まで送ってもらい、服に着替えた。

陸の村で、シードとギーナに見送られる。

「アシュト村長、これからよろしく頼む」

「ああ。よろしく、シード」

「村長、また来てね～」

「うん、ギーナ、今度来たら例の水中呼吸魔法を教えてくれよ」

こうして、新しくマーメイド族と関係を築いた。

緑龍の村に、海の魚が届くようになったのである。

魚は凍った状態で送られてくる。解凍しても新鮮さは失われず、家庭の食卓に彩りが増すだろう。

美味しい魚、ゲットだぜ!!

第十一章　銀猫は魚好き

海に行った翌日。

緑龍の村に、最初の魚便がやってきた。

石製の箱に氷を敷き詰め、凍った魚がたくさん入っている。次回からは、こちらで箱を用意してくれとのお達しだ。石の箱は作るのが大変なんだとか。

こちらからは、セントウ酒とミスリル製品を送った。

ミスリルの武器、ミスリルの調理道具や食器、ミスリルの箱や装飾品など、どれもエルダードワーフ渾身の作品だ。海水で錆びることもないし、マーメイド族の暮らしは豊かになるだろう。

さて、送られてきたものを俺とディアーナたち文官、ハイエルフたちで確認する。

名前は知らないが黒くて大きい魚……あ、葉っぱに名前が書かれてる。

「ええと、クロマギューロ、ストーンダイ、キャッツオ……変な名前」

「しかし、大きいですね……調理が大変そうです」

「お任せください!!」

「うおっ」

いつの間にか、俺とディアーナの傍に、シルメリアさんがいた。

というか、銀猫たちがいっぱい集まっている……

「ご主人様。マーメイド族の町で魚の調理法やレシピを獲得、魚の解体用の調理器具もエルダードワーフに依頼しました。レシピは全ての銀猫たちと共有、いつでも調理に取りかかれます」

「え、あの……」

「ご主人様、どうかお願いします。魚の調理手順を確認したいので、今回送られてきた魚の試食会を開いていただけないでしょうか」

「「「「「「「「お願いします!!　ご主人様!!」」」」」」」」

な、なんか銀猫族が必死すぎるんですけど……要は、送られてきた魚で宴会をしたいのね。

「ディアーナ、どうする？」

「……確かに、調理は銀猫族にお任せしている状況ですし、レシピがあるとはいえ、彼女たちも調理慣れする必要がありますね」

「よし、じゃあ今日は魚料理の宴会をするか」

「ありがとうございます、ご主人様!!」

「「「「「「「ありがとうございます、ご主人様!!」」」」」」」

「あ、ああはい……」

銀猫族、魚好きすぎだろ。

銀猫族たちが総出で宴会場のセッティングに向かった。

まさか、家事をハイエルフたちに任せるくらい本気になるとは思わなかった。

俺はというと、ミュアちゃんと一緒に宴会場にいた。

「にゃんにゃんにゃにゃにゃ～ん♪　おさかな楽しみ!!」

「ミュアちゃん、お魚好きなの？」

「だいすき!!」

「そっか。じゃあ今日はいっぱい食べるといいよ」

「にゃお～ん♪」

ミュアちゃんの頭をなでなでして、ネコ耳をカリカリする。

今度、子供たちを連れて海に行こう。マーメイド族の小さい子もいたから、いい友達になれるかも。

すると、宴会場に併設されているキッチンからいい香りが……

「んん……いい匂い」

「ふにゃあ……」

ミュアちゃんと手を繋いでキッチンへ向かうと、銀猫族の一人マルチェラが『アゲル』という調理法で魚をアゲていた。

高温の油の中でジュワっといい音を出す魚……まさか、魚をアゲルとはな。こんな調理法があったなんて、マーメイド族は知らなかっただろう。海の中じゃ油は使えないし。

「マルチェラ、この料理は？」

「これはシルメリアのオリジナル料理です。アゲルという調理法はどんな食材にも使えますので、川魚で試したところ、素晴らしいものが完成しました。なので、海の魚で試しているところです」

「へぇ～……待てよ？　魚が来たのは今日が初めてだし、これって実験なのか？」

「はい。ですが、失敗しても私たち銀猫が処理しますのでご安心を」

うーん、銀猫族の魚に対する執念を見た。

マルチェラは、いい感じにアゲた魚を取り上げる。

キャッツオにカタクリ粉をまぶし、アゲたものだ。見た目はキツネ色で、いい香りが漂っている。

「う、美味そう……なぁマルチェラ、食べていいか？」

「ですが、初めて調理したものですので、ご主人様に毒味させるわけには」

「いや、大丈夫。きっとこれは美味い。ね、ミュアちゃん」

「うにゃ‼」

「……わかりました。ではご主人様、お願いします‼」

「ああ、いただきます」

アゲキャッツオをフォークに刺し、一口で口の中へ。

「あふっ、あふっ……んん⁉　ふんまっ‼」

めっちゃ美味い‼

アツアツホクホク、魚の身がホロホロ、汁がじゅわーっと出て……とにかく美味い‼

「美味い。こんな美味い魚、食べたことない……‼」

「にゃう‼　わたしも食べるー‼」

「わ、私も調理責任者として味見を‼」

ミュアちゃんとマルチェラもアゲキャッツオを食べ……おお、二人のネコ耳とネコ尻尾がピーンと立った。

「おいしいーっ‼　にゃっふぅーっ‼」

「た、確かに……こんな美味しい魚、初めてです‼」

「すごい、すごいぞマルチェラ‼　今夜はこの料理を頼むぞ‼」

「はい、お任せくださいご主人様‼」

「ああ、期待して………あ」

「あ……」

いつの間にか、周囲の銀猫族がこっちを凝視していた。

◇◇◇◇◇◇

料理が完成し、酒をいっぱい出した。

住人が増えたので、宴会場はちょっと狭くなってきた。

まぁいい。今日は村の新たな食材である海の幸を使ったパーティーだ。

銀猫たちが今までにない気合いを入れて作った料理が、これでもかと円卓に並んでいる。

全員に酒を配り、俺の挨拶が始まった。

「えー、今夜は村の新しい食材である、魚を使ったパーティーです。龍騎士団の歓迎会も兼ねて、盛り上がっていきましょう!!　かんぱーいっ!!」

建物が揺れるくらいの音量で、住人たちは乾杯した。

あとは飲んで食べて歌うだけだ。

俺はさっそく料理が並べてある円卓へ。

円卓の一つには『ご主人様専用』と書かれた札があり、俺一人じゃ到底食べきれない量の魚料理が並べられている。

すると、当然のようにシェリーが円卓の前に立つ。

「ん～いい香り。ねぇお兄ちゃん、あたしもここで食べていい？」

「もちろん。ミュディは？」

「ミュディなら、子供たちと一緒よ」

あ、ホントだ。マンドレイクやアルラウネに引っ張られている。

ミュアちゃんやライラちゃん、フレキくんの妹アセナちゃんもミュディの周りにいて、魚料理を取り分けて食べさせていた。

お、一人じゃ大変なのか、エルミナを呼んだぞ。

「お兄ちゃん、食べないの？」

「おっと、食べる食べる。実はこのサシミが気になってたんだ」

「えー？　お魚、生で食べて平気なの？」

「マーメイド族は美味いって言ってたぞ」

俺は赤い身の魚肉をフォークで刺し、マーメイド族が送ってきた魚醤《ぎょしょう》を付けて食べる。

「む、これは、うん……美味い!!」

「ホントに～？」

「ああ。ちょっとクセがあるけど、なかなか美味い。コメと合わせたらもっと美味いかも」

シェリーもおずおずと手を伸ばして食べ、「美味しい!!」と言っていた。

他にも、焼き魚や煮込み魚、アゲ魚や身をほぐした炒め物など、元からあったレシピに加え、銀猫たちが独自に作り出した料理を食べた。

ローレライとクララベルは騎士団の団長たちと談笑し、フレキくんは魚の本を読みながら食べている。エルダードワーフたちはサシミをツマミにして酒を飲み、デーモンオーガ一家も料理を楽しんでいた。

新しい魚料理は、村の食卓を変えてくれた。

もうすぐ寒い冬が来るけど、その前にいい食材を手に入れることができてよかった。

でも、冬かぁ……寒いの苦手なんだよなぁ。

第十二章　植物たちの過ごし方

「まんどれーいく」

「あるらうねー」

二人の薬草幼女は、のんびり村を散歩していた。

いつもはミュアたちと走り回ったり、ハイピクシーたちと遊んだりしているが、たまには二人でのんびりお散歩して、日光浴をする。

この二人、遊ぶのは好きだが、基本的に薬草なのだ。美味しい水と日光が何よりの楽しみであり、ポカポカ陽気の今日は、絶好の光合成日和《びより》でもある。

そのため、二人は同じ植物仲間のもとへ向かう。

マンドレイクの手には、ミュディからもらったおやつの袋があった。

向かった先は、緑龍の村入口。

「まんどれーいく」

「あるらうねー」

『オハヨ、オハヨ、フタリトモ、オハヨ』

『オハヨー、マンドレイク、アルラウネー』

植木人《ツリーマン》ウッドと、村の門番フンババだ。

この二人、アシュトから生み出されただけあって仲良しなのである。

そして、入口に設置された壁板に寄りかかる、五十センチほどの小さな物体がいた。

『オジョーチャンタチ、オハヨウ』

サボテンに手足が生え、テンガロンハットを被った謎の生物。

アシュトに生み出された植物、緑色の狙撃手《ベヨーテ・ザ・マン》のベヨーテだ。

海から村に戻った時に護衛を務め、村に戻ったベヨーテはウッドやフンババに気に入られ、そのまま門番その二として村に住むことになった。

ベヨーテは、全身から超硬度の棘を無数に放出することが可能で、大型の魔獣すら容易《たやす》く屠《ほふ》る攻撃力を持つ。見た目は非常に可愛らしいが、抱き締めただけで血塗《ちまみ》れになるのは間違いない。

「まんどれーいく」

「あるらうねー」

『ソウダナ、キョウハテンキガイイ……ヒザシヲアビテ、ヒトネムリモワルクネェ』

ちなみに、植物同士なので、マンドレイクとアルラウネの喋る言葉は全員理解できる。

ウッドはピョンピョン跳ね、フンババはのんびりと言う。

『ヒルネ、ヒルネ‼』

『アッタカイ……オラ、ネムイ』

『アア……ヒカリガ、オレヲテラス……』

フンババはその場に座り、ウッドはその肩に乗った。

ベヨーテはフンババに寄りかかり、マンドレイクとアルラウネは頭の上によじ登る。

『オヤスミ、オヤスミ‼』

植物たちは、仲良く日光浴を始めた。

◇◇◇◇◇◇

数時間後、マンドレイクは目を覚ました。

理由は簡単。冷たい雫が頬に当たったから……雨だ。

「まんどれーいく」

『ン、アメカ……』

ベヨーテは、テンガロンハットをクイッと上げて空を見上げる。

ウッドやアルラウネたちも起きたが、むしろ喜んでいる。

普通に水を飲むのも美味いが、自然の恵みである雨は天然のシャワーだ。

『アメアメ、フレフレ‼』

『ンー……アメ』

『ヤレヤレ、ガキッポイネェ……』

そして、冷たい雨がザーッと降ってきた。

住人は作業を中断し、屋内に避難する。雨の勢いは滝のようで、近くの川が洪水を起こしていた。

だが、ドワーフたちが整備した川岸の堤防は、この程度ではビクともしない。

『……コノアメノツメタサ、フユガチカイナ』

『フユ、サムイ、デモ、カンケイナイ』

ベヨーテとフンババは、これから冬が来ることを察知していた。

ウッドと薬草幼女たちは跳ね回り、雨を楽しんでいる。

『マァ、アシュトガイルカラ、モンダイナイゼ』

『アシュト、フユ、サムイ』

『ソウダナ。オマエハトモカク、オレハサムイトマトモニウゴケネェ。アシュトノイエデ、ノンビリサセテモラウゼ』

『オラ、ココヲ、マモル、モンバン』

『ソーダナ。フユノアイダハ、マカセタゼ』

『ウン、ワカッタ』

ベヨーテは、フンババの足を軽く叩く。

マンドレイクたちは水たまりに飛び込んだり、ウッドが伸ばした蔓《つる》で縄跳びをしたりして遊んでいた。

これから冬本番。この冷たい雨が雪に変わり、農作物が育たない日が続く。

寒さに強い植物もあれば、そうじゃない植物もある。フンババとマンドレイクは寒さに強い。だがウッドとアルラウネとベヨーテは、寒さに弱い。

こんな風に、植物同士で集まれる日も少なくなるだろう。

「まんどれーいく!!」

「あるらうねー!!」

『タノシイ!! タノシイ!!』

『アメ、キモチイイ……』

『フ、オレハスコシヒエテキタゼ』

冷たく、気持ちのいい雨は、しばらくやまなかった。

第十三章　ミュアちゃんと過ごす一日

今日は朝から雨が降っている。肌寒いので、普段着の上にもう一枚羽織《はお》った。

冬が近い……でもディアーナのことだから、一冬越えられるだけの蓄《たくわ》えを準備しているはず。最近、エルダードワーフたちに食料の備蓄庫や、大型冷蔵倉庫の設置を急がせていた。

また、ディアーナの指示で、寒さ対策が進められている。

薪《たきぎ》の確保や、温かい鍋料理、身体の温まる飲み物の準備などなど……

俺もある道具を開発中だ。

現在、俺は一人で診察室にいた。フレキくんはアセナちゃんと一緒に一時的な里帰り中だ。

「うーん……ちょっと熱いかな？」

ミュディに編《あ》んでもらった手のひらサイズの耐火袋に、細かく砕《くだ》いた石と、鉱山で発掘された小さな魔石の欠片《かけら》を入れて袋の口を縛《しば》る。

魔石の欠片に魔力を流すと、魔石の欠片は熱を持ち、細かく砕いた石にも熱が浸透する。つまり、耐火袋全体が熱くなる。

これをポケットに入れれば、寒くても温まれる。ビッグバロッグ王国ではポピュラーな暖房具だ。

だけど、魔石が多かったのかけっこう熱いな。

魔石を減らしていると、部屋にミュアちゃんが入ってきた。

「にゃぅぅ……ご主人さま、さむぃー」

「おっと、よしよし。温かいレモネードでも飲もうか」

ミュアちゃんが俺にしがみついて温まろうとした。

頭とネコ耳を撫でると、ほっこりした顔になる。

ソファにミュアちゃんを座らせ、診察室にある茶器を使ってホットレモネードを淹れる。

レモン汁たっぷり、ハチミツの代わりに妖精の蜜《フェアリーシロップ》を入れた特製レモネードだ。

「はい、熱いからね」

「にゃぁ。ありがとう、ご主人さま」

俺もミュアちゃんの隣に座り、一緒にレモネードを飲む……少し俺には甘かったかな。

「にゃふぅ……」

「美味しい？」

「うん!!」

よかった。ミュアちゃんの機嫌がよくなった。

温まったのか、足をパタパタさせる。

「あのねあのね、こんな寒いのに、マンドレイクとアルラウネがお外で水びたしになって遊んでるの!!」

「ああ、あの二人は薬草だからな。日光と水が大好きなんだよ」

「うー。それにライラも一緒に遊んでるし、アセナがいないからわたしひとりー」

「あはは。それで俺のところに来たのか」

「ご主人さま、わたし……おしごとのじゃま？」

「そんなことないよ。そうだ、ミュアちゃんにいいものをあげよう」

「うにゃ？」

可愛らしく首を傾げる。

俺は、さっき作った暖房具の魔石量を調整し、ミュアちゃんに渡した。

「なにこれ？」

「いいかい、そのまま持ってて」

ミュアちゃんの小さな両手に暖房具を載せ、杖で軽く叩いて魔力を流すと……

「にゃあ‼　なんか温かくなってきたー‼」

「魔力量にもよるけど、一日は持つよ。ポケットに入れておけば温かいから」

「ふにゃぁぁ……ありがとうご主人さま‼」

「うん」

ミュアちゃんの頭をなでなでするとネコ耳がピコピコ動く。

他の銀猫たちや欲しい人たちのために、作れるだけ作ろうかな。

ミュアちゃんとのんびり過ごし、リビングに戻ると、とてもいい香りがした。

「お、今日はスープカレーか」

「にゃったぁー!!」

スープカレー単品でも美味だが、コメと合わせるとめちゃくちゃ美味いことを発見した。以降、スープカレーにはコメを添えることが村の定番となっている。

シルメリアさんが一人で調理している……あれ、いつもはミュディがいるのに。

「シルメリアさん、ミュディは？」

「ミュディ様でしたらシェリー様と一緒に、ずぶ濡れになったマンドレイクたちをお風呂へ連れていきました」

「あらら……」

「にゃう。わたしがお手伝いするー」

「では、お皿を並べてください」

「にゃあ」

ミュアちゃんは、シルメリアさんの手伝いを始めた。

俺も手伝おうとしたが、シルメリアさんとミュアちゃんに拒否されたので、暖炉近くの揺り椅子に座り、『緑龍の知識書《ムルシエラゴ・グリモワール》』を読む。

俺の知らない薬草、そう思いながらページを捲《めく》ると、いろいろな薬草が図解で表示された。

「……ふぁ」

少し眠い……部屋は暖かく、食欲を刺激するスープカレーの匂いが鼻腔《びこう》をくすぐる。

雨音の適度な雑音がいい。静かすぎる環境だとかえって集中できない。

「ただいま～」

「まんどれーいく」

「あるらうねー」

「ただいま……すっごい雨ねぇ」

「ただいまー!!　わぉーん!!」

お、みんな帰ってきた。

本を閉じ、玄関を見ると、ほんのり上気したミュディたちがいた。

「あ、お兄ちゃん」

「よう。もうすぐ夕飯だぞ」

「うん。この匂い……今日はスープカレーだね!!」

「まんどれーいく!!」

「はは、マンドレイクが喜んでるな。よしよし」

マンドレイクを一撫でして、食卓へ。

ちょうど夕飯が完成。さっそくみんなで食事開始だ。

◇◇◇◇◇

「ふぅ……ごちそうさま」

スープカレーとコメの組み合わせ最高。

食後のお茶も終わり、あとは風呂に入って寝るだけだ。

「わふぅ……ねむぃー」

「ライラちゃん、眠いなら寝よっか？」

「くぅん……」

お腹いっぱいで風呂にも入ったライラちゃんは、眠くなったようだ。

マンドレイクとアルラウネも目をごしごし擦《こす》って眠そうにしている。

ミュディたちに子供を任せ、俺とミュアちゃんとシルメリアさんは浴場へ向かった。

「雨、冷たいな……」

「にゃあ……」

エルダードワーフが作った大きな傘を開き、三人で浴場へ。

雨のおかげで人があまりいない。浴場に着いたが、いつも見かけるハイエルフたちもいなかった。

雨が上がったら入るのか、それとも朝風呂にするのか。

「にゃあ、ご主人さまと一緒がいぃー」

「ん、仕方ないなぁ。じゃあおいで」

「にゃう」

「………」

ミュアちゃんと一緒に村長湯のノレンを潜《くぐ》る。シルメリアさんも付いてきた。

……ってこらこら、シルメリアさんは女湯でしょ。

「にゃあ。シルメリアも一緒がいいー」

「え」

「ご主人さま……おねがい」

「う……」

ミュアちゃんが、目をキラキラさせながらお願いしてきた。

シルメリアさんは何も言わない……く、俺がミュアちゃんの頼みに弱いの知ってるから、一緒に入るチャンスだとでも思っているのか。

「……わ、わかったよ」

「にゃったぁー!!」

「……っし」

シルメリアさん、さりげなく手をグッと握っていた。

◇◇◇◇◇

「ご主人様、お背中を流します……ああ、ようやく言えました」

「ご主人さま、せなか流すー」

「はいよ。じゃあお願いします」

ミュアちゃんは裸だが、シルメリアさんにはタオルを巻いてもらっている。

出るとこは出て、引っ込むところは引っ込んでるシルメリアさん。均整の取れた抜群のプロポーションだ。ハッキリ言って目の毒なのである。

ミュアちゃんは尻尾をクネクネ動かしながら俺の背中を……って、シルメリアさん。

「あ、あの、シルメリアさん……あまりくっ付かないで」

「申し訳ありません。ですが、近付かないと力が入りませんので」

「………」

無心だ。無心……よし。

身体を洗い、湯船に浸かる。

「ミュア、身体と頭を洗いますから、こっちにおいで」

「にゃう。あらってー」

甘えん坊のミュアちゃんは、シルメリアさんに身体を洗ってもらっている。

シャカシャカと洗髪し、尻尾も綺麗にしてもらい、湯船に飛び込んだ。

「にゃあ……きもちいい」

「ミュアちゃん、浮かないで肩まで浸かるんだよ」

「にゃ〜……」

すると、シルメリアさんも湯船に……って、近い近い。しかもタオル巻いてない!?

「ご主人様。いいお湯加減ですね」

「……は、はい」

「ふふ。ほらミュア、こっちにおいで」

「にゃあ」

ミュアちゃんを抱き寄せ、優しく撫でる。

まるで母のような……シルメリアさん、マジで聖母だな。

まぁ、一緒に入るのもたまにはいいか。

◇◇◇◇◇

風呂に入り、あとは寝るだけ。

家に戻ると、もうみんな寝たのか、リビングには誰もいなかった。

寒いし、温まっている今のうちにベッドに入ろう。

「ご主人さま、今日はいっしょに寝たいー」

「ミュアちゃん？」

「にゃあ……だめ？」

うーん、別にいいけど。なんか今日は甘えん坊だな。

「今日はずっとご主人様と一緒でしたので、離れたくないのでしょう。ご主人様、ご迷惑をおかけしますが、ミュアと一緒に就寝していただけないでしょうか」

「いいですよ。じゃあミュアちゃん、今日は一緒に寝ようか」

「うにゃあ」

頭を優しく撫でると、可愛らしく鳴いた。

シルメリアさんと別れ、俺の部屋のベッドへ潜《もぐ》ると、ミュアちゃんが俺にしがみついてきた。

「ご主人さま、あったかい……」

「よしよし、いい子だ」

なんというか……娘がいたらこんな感じなのか？

外は雨が降っている。たぶん、明日も雨だろう。肌寒い日が続く。

「にゃ……う」

ミュアちゃんは小さな寝息を立て始めた。

この小さな子猫は、とても温かかった。

第十四章　ディミトリの警告

今日も朝から雨だ。

マンドレイクたちやライラちゃんは、雨の時しかできない泥んこ遊びで盛り上がってるけど、寒がりのミュアちゃんは、温かい診察室で俺に甘えていた。

「よしよし、いい子だね」

「ごろごろ、ごろごろ」

ミュアちゃんの頭を撫でると、ネコみたいにノドを鳴らす。

ソファで横になり、俺の太ももを枕にして甘えている……可愛い。

温かい診察室でのんびりしていると、ティーカートを押してシルメリアさんが入ってきた。

「失礼します。お茶をお持ちしました」

「ん、ありがとうございます」

「ごろごろ、ごろごろ」

「ミュア、ご主人様にお茶を淹れますよ」

「にゃ!! わたしも手伝うー」

ミュアちゃんはパッと立ち上がると、シルメリアさんにしがみつく。

俺とシルメリアさんはクスクス笑い、ミュアちゃんが慣れた手つきで淹れた紅茶を受け取った。

「へぇ、上手になったね」

「えへへ。ご主人さまのために練習したの!!」

「そっか。ありがとう、ミュアちゃん」

「にゃぁう」

診察室は温かいけど、ミュアちゃんが淹れてくれたお茶はもっと温かかった。

お茶が終わり、シルメリアさんとミュアちゃんは出ていった。

フレキくんは里帰り中でいないし、一人でのんびり薬品調合でも……と思っていたらシルメリアさんが戻ってきた。

「ご主人様。お客様です」

「お客？　こんな雨の中か？」

「はい。ディミトリ様がいらっしゃいました」

「ディミトリ？　う〜ん、イヤな予感……」

「お引き取り願いますか？」

「……いや、こんな雨の中来たんだ。お茶くらい出してやるか」

「では、応接間にご案内します」

「わかった。俺も行く」

この家の応接間にディミトリを通してもらい、俺も応接間へ行く。

部屋に入ると、ソファに座ったディミトリが立ち上がり、うやうやしく一礼した。久しぶりに会ったけど、胡散臭《うさんくさ》さは相変わらずだ。

「お久しぶりでございますアシュト様。まずは、ご結婚おめでとうございます」

「ありがとう。まだ式は挙げてないけどな」

ソファに座ると、ティーカートを押したシルメリアさんが入ってきて、お茶を淹れてくれた。

カーフィーではなく、この村で収穫した茶葉を使った紅茶だ。

「で、何か用事か？」

「はい。イイ知らせと悪い知らせがございます……」

「……じゃあ、いい知らせから」

なんだこの二択は。とりあえず、いい話を聞いてみる。

「はい‼　実はワタクシ、いえワタクシの商会が、ルシファー市長のお抱えになりまして」

「…………あぁそう」

「これもアシュト様のおかげ‼　つきましては感謝の気持ちとして、我が商会から贈り物をお持ちしました」

「贈り物？」

「ええ。セントウ酒には劣《おと》りますが、ベルゼブブ産の高級酒詰め合わせセットを進呈します」

ディミトリが指パッチンすると、テーブルの上に高級酒がズラリと現れた。

どれも高そうな瓶に綺麗なラベルが貼ってある酒だ。瓶の形が凝《こ》っているし、中に入ってる液体もキラキラしてとても美しい……見ただけで高級酒とわかった。

「おお……い、いいのか？」

「ええ。奥方と一緒にどうぞ」

「あ、ありがとう」

素直に感謝。

ディミトリの笑顔はニタァ～ッて感じだけど、これが素だと知っているから気にしない。

さて、お次は悪い知らせだ。

「……で、悪い知らせは？」

「……はい」

ディミトリは、両手を組んで身を乗り出した。

「実は、この村を……いえ、アシュト様を狙う輩《やから》がいるようです」

「え……ね、狙う？　命を？」

「ははは、アシュト様の命を狙おうものならディアボロス族が黙っていませんよ。それに、サラマンダー族やデーモンオーガを敵に回すことにもなります」

「そ、そうだよな……で、誰が俺を狙ってるんだ？」

「……敵は、空の上にいます」

「……は？」

ディミトリは大真面目だ。

空の上って、空？

「天空都市ヘイブンに住む『天使族《エンジェル》』の上位種……『熾天使族《セラフィム》』が、アシュト様を狙っているとの情報が入りました」

「せ、せらふぃむ？　てんくう、とし？」

「ええ。その名の通り、天に浮かぶ大都市です」

「……」

こいつ、正気なのか？

つまり、町が空に浮かんでるってことだろ？　そんなバカな。

「アシュト様は、エンジェル族を見たことが？」

「ない。デヴィル族だってこの間初めて見たくらいだ」

「なら、お気を付けください。エンジェル族は、エンジェル族は……実に不愉快です!!　その上位種であるセラフィム族などなおさら!!」

ディミトリは、両手をワキワキさせて憤慨する。

「くぅぅ～ッ!!　忌々《いまいま》しきエンジェル族にセラフィム族め。何度も何度もワタクシの商売を邪魔してきたうえ、今度はここを狙うというのだから厚かましい!!　アシュト様、奴らは信用なりませぬぞ、よろしいですか!?」

「……おい、それ偏見じゃないか？」

「いえ、そんなことは決して。いいですかアシュト様、エンジェル族にはお気を付けください!!　奴らの口車に乗ってはなりませぬぞ!!」

「………」

もしかして、ただの商売敵《しょうばいがたき》じゃないだろうな。

俺を狙っているってのは、商売相手として接触してくるってことか？

やれやれ、冬が近いってのに、面倒なことになりそうだ。

第十五章　天使の来訪

「ご主人様、村の入口に妙な『箱』が来ているそうです。どうなさいますか」

「……えぇと、なんだって？」

ある日、久しぶりにいい天気なのに、よくわからん報告が入ってきた。

シルメリアさんは真面目に言うが、言葉だけじゃわからない。

「現在、フンババとベヨーテ、龍騎士の方々が箱を完全包囲。ご主人様の指示を仰いでいます」

「いやいや、指示って何よ？　というか箱って……まぁいいや。とりあえず行ってみるか」

「お気を付けて」

家から出ると、待っていた数人の龍騎士が敬礼をした。

なんとなくマネをすると、一人の龍騎士が言う。

「現在、村の入口にて不審な箱を発見。包囲陣を敷いています!!」

「あ、ああ。とりあえず見に行くよ」

「はっ!!　ご案内します!!」

うーん、龍騎士たちには未《いま》だ慣れない。

龍騎士たちと一緒に村の入口に行くと、十人以上の龍騎士がランスを構えて箱を包囲し、さらにベヨーテを肩に乗せたフンババが威圧していた。

「……あれ、なんか見覚えあるな」

箱。確かに箱……白い箱に車輪の付いた奇妙な……すると、いつの間にか隣にリザベルがいた。

「アシュト村長。あれは魔導車《まどうしゃ》です」

「魔導車……あ、そっか。ベルゼブブで馬代わりの乗り物だっけ」

「はい。ですがあれは……」

「とりあえず、包囲を解いてくれ。あとは俺が話すから」

「はっ!!」

騎士たちの包囲を解除し、フンババとベヨーテを落ち着かせる。

すると、魔導車のドア部分が開き、中から一人の男性が現れた。

「いやぁ～、死ぬかと思ったぜ!! 話に聞いちゃいたが、かなり厳重な警備を敷いているナ!!」

「……………」

「お～っと挨拶が遅れた!! オレは『セラフィム族』のアドナエルって言うんだ。よろしくな、巷《ちまた》で噂のアシュト村長ヨ!!」

「…………ど、どうも」

アドナエルと名乗ったセラフィム族の男はニカッと笑う。

高い身長にばっちりセットしてあるホワイトヘア、海のようなブルーの瞳、オシャレに伸ばした口ひげ。年齢は四十代中盤くらいだろうか。白いスーツを着て胸元は緩く開けてあり、首には金色いる。


に光るチェーンが揺れている。

さりげなーく魔導車に寄りかかり、まるで一枚の絵のようなポーズを取っていた。

なんというか……歳を重ねたイケオジって感じだ。若さじゃなく、歳相応の渋さを前面に出している。

「あ、あの、今回はどのようなご用件で？」

「もっちろん、アシュト村長を祝いに来たのサ!!　結婚したんだろ？」

「え、ああ、まぁ……というか、なんで知って」

「ハハハ!!　オレは天使だぜ？　地の国の出来事はだいたい把握してるサ!!」

「……ええと」

「っつーのはウ・ソ!!　オレの優秀な秘書チャンが調べてくれたのサ!!」

すみません、このノリに付いていけません。

その時、魔導車のドアが開き、白いショートヘアにブルーの瞳を持つ少女が現れた。

少女は俺の前に来ると、丁寧に頭を下げる。

「はじめまして。『アドナエル・カンパニー』社長秘書のイオフィエルと申します」

「あ、カワイ～く、イオちゃんって呼んでいいぜ!!」

「………………」

「社長。ドン引きされています」

「オーゥ!!　ハハハハハハッ!!　エンゼルエンゼルエンゼル!!」

リザベルがチョイチョイと肩を叩き、耳打ちしてきた。

「村長。父……いえ、ディミトリ会長が忠告していたセラフィム族ですよ」

「そうみたいだな。というか面倒臭そうな連中だ……ディミトリとか関係ナシに帰ってほしい」

「同感です。面倒臭く胡散臭い匂いがプンプンします」

リザベルの毒舌は相変わらずだ。

用件を聞いてさっさと帰ってもらおう。

「えー……用件は」

「オウオウ、結婚のお祝いと商談をしに来たのサ!! エィンゼル!!」

「商談？」

というか、エィンゼル!! ってなんだよ。エンジェル族とかセラフィム族の挨拶なのか？

すると、どこからともなく聞き覚えのある声が。

「オヤオヤ……ワタクシの留守を狙って商談とは、アドナエル・カンパニーの社長サマは随分と仕事熱心ですねぇ」

ディミトリが現れた!!

お願い、もうこれ以上ややこしくしないでくれ。

「オォ～ウ、ディミトリ商会の会長サマではありませんカ!! 申し訳ないが、これからアシュト村長と商談があ～るのだヨ!!」

「残念ですが、アシュト村長はワタクシとお話があるのですよ。こ・こ・で!! 商売をしているこのディミトリとね!!」

「フゥ～ゥ、ディミトリ会長、商売の権利は誰にでもあるのでは～？」

「その通り。ですがそれを決めて認めるのはアシュト村長です。ねぇアシュト村長」

「へ？」

いきなり話を振られても……

すると、アドナエルが俺の傍に来た。いつの間にか手には大きなバスケットが握られている。

「ヘイ、アシュト村長。これはエンジェル族にしか作れない『ホワイトチコレート』デ～ス!!真っ黒で悪魔みたいな色のチコレートとは比べ物にならない天使の味デ～ス!!」

「あ、ど、どうも」

「んなっ!?　ばばば、買収とはそれでも商売人ですかアナタ!!」

「ノンノン、これはただの結婚祝いさぁ!!　さぁアシュト村長、キミと美しき妻たちの馴《な》れ初《そ》めをジ～ックリ聞かせてくれないか？　モチロン、別室でェ～♪」

「あ、あの……」

戸惑っていたら、反対側にディミトリが。手には綺麗な箱がある。

「アシュト村長。こちらは我がディミトリ商会が所有する農園で栽培した超貴重なカーフィー、その名も『レインボウマウンテン』です。熟成と焙煎《ばいせん》に五十年かけた至高の一品。どうぞお納めください」

「え、マジ？　すっげぇ」

「ビィーッチ‼　オイオイディミトリ会長サマよぉ、さっきの自分のセリフを思い出してごらぁん⁉」

「……はて、なんのことやら？　それにワタクシは、アシュト村長の、ゆ・う・じ・ん‼　としてプレゼントを渡しただけ……くふふ、アシュト村長がカーフィー好きということも知らないアドナエル社長？」

「ファーッッッッキン‼」

おいおい、なんだこれ……いつの間にか、ディミトリとアドナエルの舌戦になっている。

「ヘイヘイヘイ、アシュト村長、よかったらオレとドライブしないかい？　親睦を深めるためオーベルシュタインの風になろうぜ‼」

「アシュト村長、これから一緒にティータイムなどいかがです？　美味しいカーフィーには美味しいデザートが付き物。ベルゼブブ最高のパティシエを手配しましょう」

「………………」

助けを求めて視線をさまよわせると、いつの間にか隣同士で並んでいるリザベルとイオフィエルが目に入った。

「……あなたも苦労してそうですね」

「ええ、あなたも」

なんか共感し合っている。おいおい、俺はどうすればいいの？

「アシュト村長‼」

「ア〜シュト村長？」

「………」

とりあえず……離れろお前ら!!

第十六章　天使と悪魔のラプソディ

ギャーギャーやかましいディミトリとアドナエルを引きはがし、お土産をもらった以上、無下にはできないので、二人を来賓邸《らいひんてい》に連れていった。

ディミトリには悪いが、商談をしに来た相手を話も聞かずに追い払うわけにはいかない。リザベルにディアーナを呼んでもらい、詳しく聞くことにした。

「さっすがアシュト村長!!　話がわかるぜ〜♪」

「ぐぬぬぬぬっ……アシュト村長、なぜ」

「あー、悪いなディミトリ。商売の話なら、一度は聞いておかないと」

「その通りです。お話を聞かせていただきます」

「ワォ!!　こっちのお嬢ちゃんも話がわかるじゃ〜ン」

「あと、その話し方はやめてください。不愉快です」

「オーッ、ノーウゥ!!」

確かに、アドナエルの話し方はけっこうウザい。

するとアドナエルの隣に座ったイオフィエルがペコリと頭を下げた。

「初めまして。アドナエル・カンパニー、社長秘書イオフィエルと申します。ここからは私が話をさせていただきます」

「はじめまして。緑龍の村の文官のディアーナと申します」

うーん、真面目系の話か。

よく見たら、白髪青目と黒髪赤目という組み合わせだ。種族も天使と悪魔だし……二人は何かと対照的だ。

とにかく、じっくり聞かせてもらいますか。

「まず、私のアドナエル・カンパニーはご存じでしょうか？」

「ちょちょ、イオちゃんイオちゃん、私のって何よ私のって!?」

「おっと失礼、隠しきれない野心が顔を覗かせました。アシュト村長、アドナエル・カンパニーについてはご存じでしょうか？」

「いえ、申し訳ないですが知らないです。というか、セラフィム族というのも初めて聞いたくらいなので……」

商談なので敬語。今さら感すげぇな。

「ではご説明します。アドナエル・カンパニーは天空都市ヘイブンを拠点とした会社。事業内容は総合サービス業を行い、ヘイブン内に五十の店舗を構える大企業です」

「おぉ……ええと、その、天空都市とは」

「天空都市とは、雲の上にある王国です。神話七龍の一体である『天龍《てんりゅう》アーカーシュ』が創造した大地……簡単に言うと、空飛ぶ大地の都市ですね」

「し、神話七龍なら納得だわ……」

空飛ぶ大地と来ましたかー。

天龍アーカーシュっていえば、この世界に『空』を生み出したドラゴンだ。そういや、シエラ様は他の神話七龍を全部起こしたって言ってたよな……お茶会もするって言ってたし、会う日が近い気がする。

すると、ディアーナが言う。

「総合サービス業……つまり、御社《おんしゃ》は地上の都市に事業展開をしたいとお考えですか？」

「その通りです。すでにオーベルシュタイン内に点在するいくつかの町には店舗を構えております。そこで、現在急成長している緑龍の村に、店舗の開店許可をお願いしに来たのです」

「なるほど……」

つまり、天空都市だけでなく地上で商売をしたいのか。

ここでディアーナが眼鏡をくいっと上げて言う。

「仮に店舗の許可を出したとして、そのサービスを受け取るために我々は何を対価として差し出せばいいのでしょうか？」

「他の町で人気のセントウ酒などですね。あるいはエルダードワーフの工芸品、ハイエルフが仕込んだワイン、ブラックモール族が発掘した鉱石、ハイピクシーが作る妖精の蜜《フェアリーシロップ》、魔犬族の作る布製品など、この村には希少種族が作る貴重品で溢《あふ》れています」

「……随分、詳しいっすね」

「何を今更。緑龍の村の製品は、オーベルシュタイン中で人気商品なのですよ？」

俺がディアーナを見ると、そうだと頷いた。

「イオフィエル様の言う通り、緑龍の村で作られた製品はどこへ出しても超人気商品です。アシュト村長は身近すぎて気にならないのかもしれませんが、本来、森の民ハイエルフや至高の鍛冶《かじ》職人エルダードワーフ、採掘のプロであるブラックモール族や、花の妖精ハイピクシーがこれほど集《つど》うなど、それだけで奇跡なのです」

うーん、実感ないからわからん。みんな勝手に集まってきただけなんだけどね……

すると、イオフィエルが言う。

「何より、その希少種族を束《たば》ねる人間の青年アシュト様。あなたは巷《ちまた》では奇跡の村長と呼ばれていますす」

「き、奇跡の村長？　壊滅的にダサいな……」

「アシュト村長。どうか緑龍の村に、アドナエル・カンパニーの出店許可を」

「んー……」

……あれ？　ちょっと待った。

「なぁ、総合サービス業ってどんな仕事だ？　店舗を出すにしても種別は？」

「総合サービス業、つまり接待業ですね。飲食店やカフェなどの飲料サービスや、娼館《しょうかん》などの性的サービスです。特に後者は他の町からは好評ですよ」

「…………」

おい、村に娼館を建てるってのかよ。さすがにそれはダメだろ。

俺の気持ちを汲《く》み取ったように、ディアーナが言う。

「残念ですが、娼館の類《たぐい》は営業しても利用者はいないでしょうね。質問ですが、アドナエル・カンパニーには獣人や亜人の従業員はいらっしゃいますか？」

「残念ながら」

「この村にはエンジェル族の性接待を受ける方はほぼいないでしょう。まず、ハイエルフは全員が女性であり、エルダードワーフ、ブラックモール族、サラマンダー族は他種族との性交渉をしません。魔犬族の男性三名は恋人がいますし、可能性があるとすれば半龍人《デミ・ドラゴニュート》の方ですが、調査の結果半龍人《デミ・ドラゴニュート》の方は一人の女性に生涯を捧《ささ》げる一途な種族。それともまさか、アシュト村長が利用するとお考えですか？」

……なんか生々しい話でちょっとやだな。

というかディアーナ、新情報出しすぎだろ。魔犬族の三人に恋人だと？　初めて知ったぞ。

すると、イオフィエルは頷いた。

「なるほど。では、マッサージ店というのはいかがでしょうか」

「ですから、そういうサービスは必要ないと……」

「ふふふ、マッサージと聞いてすぐそちらに結びつけるとは。ディアーナ様もなかなか……」

「え？　……あっ」

ディアーナが顔を赤らめた。なんで照れているんだ？　よくわからん。

イオフィエルはこちらを見て言う。

「アシュト村長。この村に仕事で疲れた身体を癒やす場所はありますか？」

「え？　……浴場があるけど」

「そう。浴場でたっぷりリラックス、お風呂上がりは冷たいエールやおつまみで乾杯もいいですね。男性ならそれで喜ぶかもしれませんが、女性はどうでしょうか？」

「え？　エルミ——いや、なんでもないです」

俺はつい、「エルミナなら喜びますよ？　あいつ、風呂上がりに何杯もエール飲むし、最近はサシミの盛り合わせをつまみにして、飲み終わると浴場でグースカ寝ちゃいますもん」と言いそうになった。さすがにこの答えは駄目な気がする。

その時、ディアーナが何かに気が付いたように言う。

「なるほど……美容の需要を満たそうと言うのですね」

「そう。我々が提供するのは、マッサージ店やエンジェル族にしか作れない化粧品を扱うお店。他にも疲れた身体に効くアロマや、女性の髪を整える理髪店など、女性のための設備・店舗です」

「おお、そうか。そういうのも必要か……」

確かにイオフィエルの言う通りだ。この村には女性が多い。ハイエルフだけで五十人以上いるし、銀猫族も五十人いる。

この前ハイエルフや銀猫族が、自分たちの髪を交代で切ってるのを見た。それに、水仕事が多いから手荒れもするし。以前、手荒れ用のクリームを作って渡したこともある。

そういう専門店があれば、村の女性は喜ぶかも。

そしてマッサージ……ミュディやシェリーが喜ぶかな。

「ご安心ください。その道のスペシャリストがエンジェル族にはいます。ちなみに、美容や美しさの探究に関して、エンジェル族を超える種族はないと断言します」

「ふむ……」

ディミトリは手をワキワキさせながら悔しがり、アドナエルはソファに深く腰掛けてニヤニヤしている。というかめっちゃ勝ち誇っていた。

確かに……村の女性のためなら、必要かもな。

◇◇◇◇◇

打ち合わせ後の仕事は早かった。

浴場の隣にアドナエル・カンパニーが出資した美容・マッサージ専門店をオープンさせることが決まり、建築もうちのエルダードワーフに依頼された。

ディミトリは悔しがっていたが、これも商売だ。

この村には女性が多い。農作業や針仕事ばかりで身だしなみ云々《うんぬん》についての要望は今まで出てこなかったが、女の子である以上は綺麗になりたいと思うのが普通だろう。

アドナエルの店では、マッサージだけでなく、化粧品や装飾品も取り扱うらしい。

「じゃあアシュトちゃ～ん、これからヨロシク頼むゼ～♪」

「はい、よろしくお願いします」

「ウ～フゥ～ン、お土産のセントウ酒、センキュゥエィ～ンゼル!!」

「では、失礼します。近日中に常駐の社員を派遣しますので」

「はい。住居の手配は任せてください」

妙なポーズと妙な挨拶をするアドナエルを軽く無視し、イオフィエルと握手した。

二人は魔導車に乗って去った……たぶん、途中で転移して天空都市に行くんだろう。

すると、ブスッとしたディミトリが隣に立つ。

「アシュト様……」

「わ、悪かったよ。天使の件でお前が言ったことを全部無視してさ」

「いいえ、商売である以上仕方ありません。ですが、アドナエル社長が参戦する以上、ワタクシも本気にならねば」

「アドナエル……知り合いなんだな」

「ええ。あのお方はワタクシの宿敵!! アドナエル・カンパニーはディミトリ商会のライヴァル!! ずぇったいに負けられないのです!!」

「お、おう……」

「では、失礼します!!」

パチンと指を鳴らすと、ディミトリは消えた。

残されたのは、俺とディアーナ。

「では、報告書を作成しアウグスト様にご報告します。アシュト村長もご一緒に」

「ああ。その前にカーフィーでも飲もう、俺の家に来いよ」

「……ありがとう、ございます」

ディアーナには世話になってるし、アルラウネドーナッツと高級カーフィーでおもてなしするか。

◇◇◇◇◇

数日後、緑龍の村に三人のエンジェル族がやってきた。

白いスーツを着てメガネをかけ、白い髪をオールバックにしたイケメンと、双子の美少女だ。

「はじめまして。この度、緑龍の村に派遣されました、アドナエル・カンパニーのヨハエルと申します。こちらはカンパニー所属の整体師姉妹、ハニエルとアニエルです」

「はじめまして。ハニエルと申します」

「はじめまして。アニエルと申します」

「は、はじめまして。アシュトです。ええと……ヨハエルさん、ハニエルさん、アニエルさん」

うーん、イケメンに美少女だ。なんで他種族って美形ばかりなんだろうか。

ヨハエルさんたちは、同席したディアーナとも握手した。

さっそく、細かい打ち合わせする。

ハニエルさんとアニエルさんには、浴場の女湯にある休憩室にスペースを設けて、そこでマッサージをしてもらう。本格的な建物が完成する前の体験会みたいなものだ。男はとりあえず我慢してもらう。建物が完成したら男性整体師も来るそうだしね。

「ではアシュト様。さっそく、彼らを浴場へ案内します」

「うん、あとは頼んだ、ディアーナ」

仮設のマッサージ場の設営や、道具の準備もある。その辺は、銀猫たちにお願いしてあるから大丈夫。

俺はヨハエルさんに住居兼執務室の場所を教えたあと、村の案内をした。

「これが噂に聞く緑龍の村ですか……素晴らしい」

「喜んでもらえて何よりです」

どうやら気に入ってくれたようだ。

案内が終わると、ヨハエルさんは報告書を書くというので別れた。さっそく仕事とは真面目だなぁ……アドナエル社長とは全然違うよ。

家に帰ろうと歩きだすと、ミュディとローレライに会った。

「あ、アシュト」

「よう、二人とも」

「お仕事かしら？」

「まぁな。エンジェル族のマッサージ師が来たから、浴場で準備してるんだ」

「マッサージかぁ……ローレライ、マッサージ好き？」

「嫌いじゃないわね」

「わたし、家にいた頃たまーにマッサージしてもらったけど、気持ちよくていつの間にか寝ちゃうんだよね……気が付くと終わってるのよ」

「ふふ、可愛いわねミュディは」

何このやり取り、めっちゃ癒やされるんだけど。

「お、いたいた。おーい村長、ちっといいか!!」

「あ、アウグストさん」

どっしどっしと歩いてきたのは、エルダードワーフのアウグストさんだ。

「どうしましたか？」

「ああ、おめーさんと奥さんの新居が完成したんでな。ちっと見に来てくれ」

俺、ミュディ、ローレライは顔を見合わせ破顔した。

第十七章　お引っ越し

新しい家、つまり俺と奥さんたちの家が完成した。

二階建ての大きな家で、一階はリビングに客間、二階はそれぞれの個室と分かれている。前に住んでいた家は使用人の家と名前を変え、子供たちとシルメリアさんの住む家となった。

ちなみに、家同士は渡り廊下で繋がっているので簡単に行き来が可能だ。

新居だけではなく、俺の新しい薬院も完成した。

新居や前の家より小さいが、こちらも二階建ての立派な建物だ。薬品庫に実験室、執務室や簡易キッチンなども備えた理想の薬院。設計から携《たずさ》わり、何度も修正しながら建てたから大満足だ。

もちろん、薬院もそれぞれの家と渡り廊下で繋がってる。

新居完成の翌日、引っ越しが始まった。

「よっと……ふぅ、俺はそんなに荷物がないから楽でいいな」

新しい自分の部屋に荷物を運ぶ。服と下着、図書館で借りた本、部屋で育てていた薬草の鉢《はち》に、虹神剣《こうじんけん》ナナツキラボシ、あとは各種族からもらった献上品くらいか。

「というか……広い」

俺の部屋、前の部屋の二倍はある。

家具には凝った装飾が施されていて、ベッドが特にデカい。大人三人で寝てもなお広い。アウグストさんは『壁は二重構造になってるから多少騒いでも声は聞こえねぇから安心しろ』と言っていた……お気遣いありがとうございます。

するとと、引っ越しの手伝いをしてくれているフレキくんが部屋に来た。

「師匠、保管していた薬草と調合薬を薬院に移しました!!」

「ああ、ありがとうフレキくん」

「治療記録は本棚ごと移しましたので、配置のチェックをお願いします!!」

「わかった。俺の部屋はもう終わるから、そっちに行くよ」

「はい!!」

フレキくんが手伝ってくれるおかげで捗《はかど》るよ。ワーウルフ族の中じゃ非力とか言っているけど、治療記録がぎっしり詰まった本棚を軽々と持ち上げていたからな。非力の基準がよくわからん。

女性陣の手伝いは銀猫族がしてくれているし、子供たちの部屋移動もアセナちゃんが手伝っている。俺とフレキくんは薬院の引っ越しだ。新しい職場だし、どこに何を置くかフレキくんと話し合いながら設置しているのだ。

あらかた引っ越しを終え、薬院で備品のチェックをする。

「あの、師匠……」

「ん?」

「その、冬なんですけど……ボク、ワーウルフ族の村で過ごしてもいいですか?」

「いいけど……どうして？」

「はい。ワーウルフ族は基本的に寒さには強いんですけど、やっぱり病気にはかかるんです。なので、何かあった時のために、未熟ながらボクがいようかと」

「なるほど。もちろんかまわないよ、フレキくんの腕なら安心だ」

「師匠……でもボク、まだ師匠に教わりたいことが」

「もちろん。俺もフレキくんに全て教えたつもりはないよ。わからないことや不安なことがあったらいつでも相談してくれ。力になるよ」

「師匠……ありがとうございます!!」

フレキくん、本当に逞《たくま》しくなった。

知識もだけど、自信が付いた。自分が調合した薬品を不安そうに差し出すことがなくなった。

寂しくなるけど、温かく送り出そう。

「それと……アセナなんですが、冬は村に残りたいそうで……」

「そうなの？　じゃあうちで預かろうか。ミュアちゃんたちも喜ぶしね」

「いいんですか？　ありがとうございます!!」

ピシッと頭を下げるフレキくん。

さて、お話は終わり。もう一踏ん張りするか。

◇◇◇◇◇◇

自分の部屋と薬院の、荷物搬入と整理が終わった。

終わっていないところを、フレキくんと手分けして手伝うことにする。

「ええと、使用人の家は……お、ライラちゃん」

「わぅ？　あ、お兄ちゃん」

荷物運びをしてるライラちゃんだ。

蓋の開いた箱を持っている。中身はお手製のアクセサリーや木彫りの人形、ぬいぐるみなどだ。

「えへへ、今日から一人部屋なの」

「そっか。ライラちゃんもお年頃だからね」

「わうぅ、あのねあのね、お部屋をきれーに飾り付けるの‼」

「手伝おうか？」

「だいじょぶ‼　きれーなお部屋になったらお兄ちゃんを招待します‼」

「ありがとう」

「くぅん」

頭をナデナデすると、ふわふわ尻尾がブンブン揺れる。

ここは退散するか。あとで招待してもらえるみたいだしな。

ミュアちゃんやマンドレイク、アルラウネたちも自室が嬉しいのかテンションが高い。俺の手伝いを必要とせず、自分で荷物を運んだり掃除したりしていた。

ちなみに、元の診察室は物置になった。

新しい家。冬前に完成してよかったよ。

◇◇◇◇◇

新しい生活が始まった。

まず、新居での食事はシルメリアさん、マルチェラ、シャーロットの銀猫三人が担当してくれた。

マルチェラとシャーロットは、ローレライとクララベルの家に住み込みで世話をしていた銀猫族で、この度正式に使用人の家に住むことになった。

キッチンは広く作ったので、銀猫三人とミュディの四人で食事の用意をしている。この四人の作る料理は絶品だ。

食事が終わると、あとはそれぞれ仕事に向かう。

俺はフレキくんと新しい薬院、ミュディは製糸場、シェリーとエルミナは果樹園、ローレライは図書館、クララベルと子供たちは村を回ってお手伝い、そして遊び。

夕方になるとみんな帰ってきて食事と入浴。

あとは自由時間で、俺は専《もっぱ》ら読書を楽しんでいる。

読書中、シルメリアさんは温かい紅茶を淹れに来る。あと、俺の部屋は広いので子供たちが遊びにやってくることも。

そして就寝。一日が終わる。

これが俺たちの新生活……うん、ぶっちゃけ前とあんまり変わりないわ。

◇◇◇◇◇◇

アドナエルの複合美容施設――要するに美容院を、村に作ることになった。

浴場の隣にアドナエル・カンパニーが出資する美容院が建築中。雪が降る前には完成させたいと、急ピッチで作業している。

これには、村の女性たちが期待していた。

まず、設計の段階から力の入れ方が違った。

派遣員のヨハエルさんや、マッサージ師のハニエルさんとアニエルさんが口出しするのはわかる。

でも、シェリーとローレライが張り切っていたのが意外だった。

シェリーは、軍時代に任務を終えたあと、専属の整体師にマッサージをしてもらっていたそうだ。

村に整体師が来ると聞いて大張り切りし、ヨハエルさんたちに臆《おく》することなく意見をガンガン言う。

ローレライもドラゴンロード王国にいた頃は読書でよく肩が凝り、専属の整体師にマッサージをしてもらっていたとか。村に来てからは銀猫族が軽くやってくれたみたいだが、どうも満足していなかったらしい。

新居で共同生活を初めて数日。暇さえあればシェリーとローレライはヨハエルさんのもとへ行った。そのやる気に感化されたのか、ミュディやエルミナも付いていくようになった。

どんなマッサージをしてるのか気になり、許可をもらって女浴場へ行くと、裸でうつ伏せになりオイルマッサージを受けてるシェリーと遭遇。真っ赤になったシェリーに殴られた。

エンジェル族のマッサージは至福らしい。俺も体験しろと言われたが、若い女の子に触《さわ》られるのが恥ずかしいので遠慮した。というか、この件は全てシェリーに一任し、ヨハエルさんたちとの打ち合わせもシェリーに任せた。

俺は、男の天使がサービスを開始するまで我慢しますかね。

◇◇◇◇◇◇

気温が低くなり、本格的に寒くなってきた。

冬が近い……ちなみに、ギーナたちの住む海は年中暑いらしい。そこは素直に羨ましい。

さて、俺はというと、ディアーナたち文官の家で書類チェックを行っていた。

「村長、今年度の収穫は全て終わりました。ハイエルフたちは冬支度を、エルダードワーフたちは村と農園の雪囲い作業を開始。あと数日で終わる予定です」

「はいよ」

「村長、収穫物のチェックをお願いします。冬の間も取引がありますので、そちらのチェックも」

「ういー」

「村長、シェリー様から報告書が。整体院の建設はあと二週間ほどで終わるそうです。完成までに雪が降るか降らないか、運任せになりそうです」

「んー、仕方ないな」

「村長、整体院で働くエンジェル族の履歴書です。チェックをお願いします」

「はーい」

こんな感じで、めっちゃ忙しい。

休む間もなくディアーナたち文官三人娘の書類を受け取り、チェックして、指示を出す。

というか、働きすぎだよお嬢さんたち。

「失礼します」

「あるらうねー」

「ん？　シルメリアさんにアルラウネ、どうしたんです？」

「はい。お茶の支度を」

「あるらうねー!!」

「そっか、ありがとう。よしディアーナ、少し休憩しよう。アルラウネがドーナツを持ってきてくれたぞ」

「……わかりました」

きっかけはシルメリアさんとアルラウネがくれた。

シルメリアさんがお茶を淹れ、アルラウネと一緒に作ったアルラウネドーナツをおやつにティータイムが始まった。

みんなで柔らかいソファに座り、シルメリアさんは壁際に待機する。

そういえば、ディアーナとはよく喋るけど、残りの二人とはあんまり喋らないな。

「えーと、セレーネとヘカテーだよな。ディアーナの補佐の」

「はい、アシュト村長」

「こうしてじっくりと話すのは初めてですね」

お茶を啜り、俺の太ももを枕にしながらドーナツを齧るアルラウネの頭をナデナデする。

ディアーナは紅茶を優雅に口に含んだ。

「ディアーナ、ルシファーは元気か？　最近見ないけど」

「兄はディアボロス族の族長でありベルゼブブの市長です。以前は理由をこじつけてここに来ましたが、本来そう簡単に来られるものではないのです」

「やっぱそうだよな」

ビッグバロッグより大きな都市の市長なんて、どれだけ忙しいのだろう。俺なんて、こんな小さな村の執務ですらヒイヒイ言ってるのに。

「なぁ、ベルゼブブに冬は来るのか？」

「もちろんです。ですが周期はここととは異なります。ここは約三年に一度ですが、ベルゼブブの冬は一年に一度です」

他愛もない話で盛り上がる。

ディアーナは堅いタイプと思ったが、こうして話すとちゃんと受け答えしてくれる。

ギャグとかは言わないが、話していて落ち着くタイプだった。

「あるらうねー!!」

「ん、どうした？　外？　……あ」

アルラウネが指差す窓を見ると、なんと雪が降っていた。

ディアーナが、頬を緩めて言う。

「初雪……綺麗ですね」

「ああ。今夜は寒くなるぞ」

緑龍の村に初雪が降り、冬がやってきた。

第十八章　リュドガの決心

ビッグバロッグ王国にも、冬がやってきた。

初雪は大したことがなかったが、翌日から一気に雪が降り始めた。

城下町の冬支度は、終わったところもそうでないところもあり、冬物のコートを着る者もいれば、寒くて身体を丸めながら慌てて家に帰る者もいる。

家の前にスコップを準備したり、雪よけの囲いをしたりと、城下町は冬の色に染まっていた。

そんな中、ビッグバロッグ王国騎士団・将軍補佐、『烈風《れっぷう》』ヒュンケルは、執務室で書類と格闘していた。

将軍補佐にはもう一人、『水乱《すいらん》』ルナマリアがいるのだが、意外なことに彼女は、書類仕事が大の苦手だった。

まさか将軍のリュドガにやらせるわけにもいかず、ヒュンケルがほとんど一人でこなしている。

もちろん、ルナマリアは手伝おうとしたが、いわゆる脳筋のルナマリアは字が汚く、誤字脱字も多いので二度手間になる。そこで彼女にはリュドガの補佐を任せ、ヒュンケル一人で書類と格闘していたのだ。

文官を登用すればいいのだが、なかなかいい人材が見つからない。

ビッグバロッグ王国最強将軍リュドガのもとには、機密文書が山ほどある。少なくとも、ヒュンケルが納得の行く人材でないと任せられない。

つまり、ヒュンケル一人でやらざるを得なかった。

だが、それにも慣れた。

「ふぁ……んん」

ヒュンケルは、執務室で欠伸《あくび》をして、水差しの水をコップに注いで一気飲みする。

「さーて、ぼちぼちリュドガんとこ行くか……確か、第三演習場だったな」

バカが付くほど真面目なリュドガは、仲間思いで自分に厳しく、そしてとても優しい。

騎士団だけでなく一般兵士の名前や、城のメイドから清掃員の名前まで完璧に覚えている。

そんな真面目なリュドガは、部隊長がやるべき新兵の指導を行っていた。

「ルナマリアも苦労してるよなぁ……」

執務室は、将軍補佐専用だ。つまり、ヒュンケルだけでなくルナマリアも使用する。

執務室の壁際には、リュドガが作らせたルナマリア専用の鎧……『女性用軽鎧《ビキニアーマー》』がいくつも並んでいた。

「ったく、あのバカ……まぁ面白いからいいけどよ」

最初、リュドガがこれを買って執務室に送ってきた時は、なんの嫌がらせかと本気で思った。

真剣な顔で『夜の戦場』における有用性を語るリュドガに、ヒュンケルはその『夜の戦場』とやらが本当に意味するところを言うこともできず、頭を抱えたのをよく覚えている。

百歩譲ってそこまではいい……だがリュドガは、この鎧を女性騎士の夜間正式装備に採用したのである。

女性の騎士や兵士を集め、真っ赤な顔をしたルナマリアに『女性用軽鎧《ビキニアーマー》』を着せ、いかに『夜の戦場』でこの装備が役立つかと力説したのだ。しかもヒュンケルが遠征でいない時にである。

どういうわけか女性騎士や兵士は満場一致でこの装備を支持。本当に正式装備になってしまった。

ヒュンケルがこの話を聞いた時には、全てが決まっていた。

笑顔のリュドガはルナマリアに変態装備を着せ、『見ろヒュンケル、これが女性騎士の新しい夜間正式装備だ‼』とほざいた。

無知ほど怖いものはないというか……なんでルナマリアは止めなかったのかと思った。

「りゅ、リュドガが似合ってると言うから……」

「バカかお前」

つまり……ビッグバロッグ王国騎士団は、平和だった。

◇◇◇◇◇

ヒュンケルは第三演習場に向かい、新兵の指導をするリュドガとルナマリアを見つけた。

木剣を用い、ラフな服で新兵の剣を受けるリュドガ。ルナマリアは少女新兵の指導をしている。

「ライド、大振りになってているぞ‼　大きくではなく細かくを意識しろ‼」

「はいっ‼」

新兵の少年ライドの指導をしているようだ。

ライドは、言われたとおり大振りではなく小さく剣を振る。

だが、リュドガは遠慮なくライドの手首を打って剣をはたき落とした。

「いい感じだ。いいか、細かくだ」

「はい、大きくではなく細かく……」

「ああ。センスもあるしいい剣士になれる。頑張れよ‼」

「はいっ‼」

「では五分休憩、そのあとは中級騎士との模擬戦だ」

「はいっ‼」

相変わらず、面倒見がいい。

「ん、ヒュンケルじゃないか」

「よお。冷やかしに来たぜ」

「おいおい、手伝ってくれよ」

「こっちは書類仕事でクッタクタなんだよ。それよか、今夜ヒマか？　付き合えよ」

「あー……悪い。今夜はルナマリアと食事に行くんだ、ようやく五つ星のレストランを予約できたんでね」

「そうなのか。まぁいい、次は付き合えよ」

「ああ。今夜はルナマリアにプロポーズするつもりだ」

「そうか、じゃあオレは執務室に退散しますかね……一人寂しく書類と格闘しますよっと」

「悪いな。今度埋め合わせするよ」

「ああ、おめーのオゴリでな」

ヒュンケルは、リュドガとハイタッチして演習場をあとにした。

息抜きしたヒュンケルは、背伸びをして執務室へ戻り、再び書類仕事に没頭した。

「…………………………」

そして、大きく息を吸い――

「プ・ロ・ポー・ズ・だとぉぉぉぉぉぉぉっ⁉」

◇◇◇◇◇◇

「リュドガあぁぁぁぁぁぁぁぁぁぁぁっ‼」

ヒュンケルは、全速力で第三演習場に戻ってきた。

聞いたことのないような声量で名前を呼ばれ、さすがのリュドガも驚いた。

「な、なんだヒュンケルか……そんなに騒いでどうしたんだ？」

「どうしたんだ？　じゃねぇよこのバカ野郎‼　ちょっと来い‼」

「うわっ⁉　お、おいヒュンケル、今は訓練中……」

「んなもんあとにしろ‼」

ヒュンケルはリュドガの腕を掴み、ズルズルと引きずる。

その様子を見たルナマリアが眉を寄せて近付いてきた。

「どうしたんだヒュンケル、そんなに騒いで……」

「……………」

「な、なんだ？」

「ルナマリア、ここは頼んだ。オレはリュドガと大事な話がある」

「……あ、ああ。よくわからんが、わかった」

「お、おいヒュンケル」

「お前は黙って付いてこいっつの」

たぶん、今日はルナマリアにとって最高の日になるだろう。

この朴念仁《ぼくねんじん》からプロポーズなんて言葉が出た理由を親友として聞かねばならない。

ヒュンケルは、リュドガの腕を引いて歩きだす。

「……よし、行くぞ」

「え……ちょ、ヒュンケル⁉」

ヒュンケルの魔法適性は『風』であり、ビッグバロッグ王国最高の風使い。

リュドガを抱えたまま風を纏《まと》って飛び上がると、ビッグバロッグ王城で最も高いテラスのさらに上の屋根に着地した。ここなら国王だろうと邪魔できない。

リュドガを解放し、屋根の上に座る。雪が積もっているが、そんなこと大した問題ではない。

雪の降る城下町は絶景と呼ぶに相応しく、町を歩く人はアリよりも小さく見えた。

「さ、話せ」

「……何を？」

「プロポーズの話に決まってんだろうが‼」

「ああ……」

リュドガは、ヒュンケルの隣に座った。

「で、いつからルナマリアのことが気になってたんだ？　プロポーズしようと思ったきっかけは？」

「……ああ、実はさ、初めて二人で休日を過ごした日から、空いた時間を一緒に過ごすことが多くなってな」

リュドガは、ここ数年休暇を取っていなかった。

以前、ルナマリアと出かけたのも、ヒュンケルが半ば強制的に休ませてそうするように仕組んだからだ。

「一緒に食事したり、買い物したり、公園で散歩したり、防具屋に行って女性用軽鎧《ビキニアーマー》の新作を依頼したり……」

「おい最後のなんだコラ」

「ルナマリアと一緒に過ごすのが楽しくてさ、いつしかほんの少しの休憩時間が待ち遠しくなってる自分に気が付いたんだ……」

「仕事バカのお前がねぇ……」

「それで、思い切って国王に頼んだんだ。『大事な用があるから一日だけ休みをください』ってね」

「子供かお前は。他に言い方あるだろ」

「それで、休みをもらったんだけど、休みだったことを忘れて普通に仕事をしてしまった……」

「いや本当にバカなのかお前。ってか前置き長いぞ」

「その日の夜に気が付いたんだ。『あれ、今日休みじゃね⁉』ってね……」

「盛大なボケかましてるみたいだな」

「そして今日の夜、プロポーズしようと決めたんだ」

「今までの前置きと繋がらねぇ……頭痛くなってきた」

頭を抱えるヒュンケル。この天然男は何を言っているのか。

とにかく、リュドガがプロポーズしようとしているのは間違いない。

「やっとその気になったのか」

「ああ。実はさ、何度か家で食事をしてるんだ。城下町で食べるのもいいけど、一緒に暮らすことになったらオレの家で食べることになるだろ？　その練習も兼ねてさ」

「意外と用意周到だなお前」

「ああ。で、その、ルナマリアが深酒をしてしまって……その」

「ん？」

「……ルナマリアと一晩過ごした」

「………マジか？」

「ああ。前々から気になっていたが、ルナマリアが好きだと自覚した瞬間だった。オレは……一人の男として、ルナマリアを愛してる。一生をかけて守りたい‼」

「オレに言うなよ……つーかあのルナマリアがねぇ」

「ああ。正確には酔ったルナマリアが服を脱ぎ始めてな、『リュドガ愛してりゅぅぅぅ～～～』って言いながら抱きついてきたんだ……オレはルナマリアの美しさに見惚れた」

「…………それ、あいつに絶対言うなよ。特に『愛してりゅぅぅぅ～～～』の部分」

「翌朝は大変だった。ルナマリアは飲んでも記憶が残るタイプだからな、オレと顔も合わせず走り去ったよ」

「手遅れだった……そういえばルナマリアの奴、お前を避けていた時期があったな」

「とまぁいろいろあったが、オレの伴侶《はんりょ》はルナマリアしか考えられない」

「すごい雑にまとめたよこいつ……普段はトンチンカンの鈍感野郎のくせに、惚れたらとことん突っ走るタイプだったとは」

だが、ヒュンケルは嬉しかった。リュドガとルナマリアはお似合いだ。

堅物の女騎士と、天然バカの将軍。エストレイヤ家は間違いなく安泰だろう。

「あーあ、ルナマリアも騎士引退かねぇ……」

「ヒュンケル。子供が生まれたら名付け親になってくれ」

「展開早っ……というか、そういうのは父親の役目じゃないのか。アイゼン元将軍に頼めよ」

「…………」

「おいおい、アシュトの件で険悪なのはわかるけどよ……」

「すまない。可愛い弟を追放したことはどうしても許せない……」

「……やれやれ。まぁ、名付け親はともかく、雷帝リュドガと水乱ルナマリアの結婚は、寒さ本番のビッグバロッグ王国を熱くするニュースだな」

「おいおい、まだルナマリアの気持ちを確認していないぞ」

「賭けてもいいが、絶対に断らんぞ」

ルナマリアは、子供の頃からリュドガを一途に想ってきた。

今日、その想いが報われる。

「さーて、仕事に戻るか」

「ああ。そうだな」

ヒュンケルは、リュドガを抱えて下に飛び降りた。

◇◇◇◇◇◇

その日の夜。

ヒュンケルは一人、執務室で書類仕事をしていた。

「ふわぁ……」

欠伸をして背伸びをし、立ち上がり窓を開ける。

外はしんしんと雪が降り、執務室から見える城下の明かりがちらちらと揺れる。

「…………」

リュドガとルナマリアは、五つ星のレストランで食事を楽しんでいるだろうか。食事が終わり、リュドガはプロポーズをしただろうか。二人は幸せな夜を過ごせているだろうか。

「…………」

ヒュンケルは、少し寂しかった。

二人には幸せになってほしい。子供が生まれて、家族が増え、ついでにアイゼン元将軍との確執も消えれば完璧だ。

ヒュンケルは、執務室のドアを見た。

「……今夜は徹夜するかな」

明日、いつも通りリュドガとルナマリアはここに顔を出すだろう。

このまま泊まって、最初に二人の顔を見るのも悪くない。

「さーて、仕事の続きをしますか」

ヒュンケルは、リュドガ宛てに送られてきたいくつかの手紙を開封する。

人の手紙を見るのはいい気がしない。だが、国内で人気のリュドガにも敵はいる。手紙に魔法を仕込んで爆発させたり、開封すると毒煙が上がる手紙なんて珍しくない。もちろん、読むと発動する呪術の可能性もあるので内容も検《あらた》める。

いくつかの手紙を魔法でチェックし、内容を確認する。

そして、その中の一通に目を通したヒュンケルは――

「――ウソ、だろ」

文字通り、硬直した。

それは、ドラゴンロード王国・ガーランド王からの手紙だった。

内容は……エストレイヤ家次男のアシュトがオーベルシュタインで村を興《おこ》し、そこで世話になっている二人の娘がこの度アシュトと婚約したというものだった。

「あ、アシュト……はは、あいつ、村なんて興してたのか」

オーベルシュタインで行方不明とされたアシュトは生きていた。

しかも、ドラゴンロード王国の王族である姉妹を、揃って嫁にしていた。

ヒュンケルは破顔し、思わず頭をボリボリ掻く。

「ったく、リュドガになんて伝えればいいんだよ……」

喜ぶだろうか、感極まって泣きだすだろうか。

もしかしたら、オーベルシュタインに行くなんて言うかもしれない。

どちらにしろ、言葉を選んで伝えなければ。

「……やれやれ、オレってこんな役ばっかりだな」

窓の外を眺めると、いつの間にか雪はやんでいた。

第十九章　ホワイトキスは甘い味

緑龍の村に、本格的な冬がやってきた。

毎日しんしんと雪が降り、村の景色はあっという間に純白に染まる。

毎朝、サラマンダー族と龍騎士たちが雪掻きをする光景が当たり前になり、寒さに弱い銀猫たちは入浴時間が二倍に延びた。

ハイエルフたちは農園が休みなので、ミュディに裁縫を習ったり、エルダードワーフから彫金《ちょうきん》を習いアクセサリーを作ったりして過ごしている。

図書館も利用する人が増え、蔵書も増えた。現在四十万冊……図書館の四階層まで本が収納されている。

ディミトリに依頼して、ディアボロス族が使っている暖房器具を入れた。火の魔石と風の魔石を組み合わせ、温風を出す暖房器具だ。広い図書館を温めるにはこれくらい必要だ。

銀猫たちも喜んでるし、冬の娯楽に読書はいいかもしれない。

寒さを感じていないフンババは、雪を眺めながらボーッとしてるし、逆に寒さに弱いベヨーテとウッドは新居に設置した植木鉢に刺さって昼寝ばかりしてる。

アルラウネとミュアちゃんも寒さに弱く、暖炉の前に大きなクッションを置いて丸くなって寝ることが多くなっていた。

変わらず元気なのは、ライラちゃんとアセナちゃん、マンドレイクくらいだ。モコモコしたコートを着て、外で元気に遊んでいる。

俺もけっこう付き合わされて外に出るけど、やっぱり寒い。

緑龍の村の冬は、穏やかに過ぎていく。

◇◇◇◇◇◇

ある雪の日、薬院にはエルミナが遊びに来ていた。

「ふぁぁ……なーんかヒマねぇ」

「ヒマなら薬草の調合でもするか？　フレキくんも里帰りしたし、やるなら教えるけど」

「んー……やる」

「よし。何か欲しい薬……って言い方もあれだな。そうだな、簡単なハンドクリームでも作ってみるか」

「お、いいわね。寒くてお肌も荒れるし……」

「……そうは見えないけど」

「ほら、見てよ」

エルミナは、俺の眼前に手を差し出す。荒れてるようには見えない、綺麗な手だ。

その手を掴み、しげしげと眺め……

「あ……」

「あ、いや……」

今の俺たち、すごく距離が近い。

この部屋には他に誰もいない……そしてエルミナは俺の嫁。

待て待て、まだそういうのは早い。

「っと、わ、悪い……」

「ん……その、別にいいけど」

そっぽを向くエルミナの耳は赤い。

口を尖《とが》らせ、目を合わせようとしない……く、可愛い。

「ね、ねぇアシュト、クリーム作ろ」

「あ、ああ……はは、やるか」

「ん……」

薬品素材庫にあるアルォエの鉢から葉を摘《つ》み、エルミナと一緒にクリームを作り始めた。

素材を混ぜ合わせて瓶に詰めるだけだが、自分で作ったのでは喜びが違う。

自分で作ったハンドクリームを手に塗るエルミナは、とても嬉しそうだった。

「見て見て、すべすべ!!」

「俺にもくれよ」

「ん、ほら!!」

「ありがとな。おぉ、すべすべだ!!」

エルミナと一緒にソファに座り、クリームを手に塗る。

なんというか、すっごく楽しくて落ち着く。俺が淹れたお茶を飲み、アルラウネドーナツを食べながらティータイム。

「アシュト、私たち夫婦なんだよね？」

「まだ結婚式挙げてないけどな」

「あのさ、ミュディたちといろいろ話し合ってるの。ハイエルフ式、ドラゴンロード式、ビッグバロッグ式、いろんな結婚式のいいところを混ぜた結婚式ってどうかな」

「おぉ、なんかいいな。どんなのだ？」

「えっとね……」

エルミナは、ハイエルフ式の結婚式について話す。

ユグドラシルに祈りを捧げ、ジーグベッグさんがユグドラシルの枝で作った弓で、聖なる矢を天に放つ。そして夫婦は森の精霊に祝福され、永遠を約束されるという。

「壮大だな……」

「私、小さい頃から憧れてたの」

「じゃあやるか。俺とお前、そしてみんなで」

「うん!! おじいちゃんに頼んで弓と矢を作ってもらおう!!」

「ああ」

「えへへ……」

なんか、エルミナがめっちゃ甘えてくる。

俺の腕に寄りかかり、柔らかいものが当たるがお構いなしだ。

距離も近くドキドキしていると、不意に視線が交差する。

「…………」

「…………」

心臓が、やかましい。

「エルミナ……」

「アシュト……」

エルミナが、目を閉じた。

「ん……」

「……」

柔らかい唇《くちびる》が重なった。甘く、ほんのりと紅茶の味。

初めてのキスは、エルミナと。

第二十章　冬の遊び

「お兄ちゃん、遊びに来たよ」

「おう、シェリーか」

雪の降るある日、仕事休みでのんびりしているシェリーが、薬院で読書をしている俺のもとに遊びに来た。

最近は、しもやけの薬を作ったり、風邪薬を調合することが多い。寒いおかげで銀猫やハイエルフの子が風邪をひくことが多くなった。

先日も、風邪を引いたハイエルフたちに薬を処方したばかりだ。

「シェリー、外は寒いからな。風邪をひくなよ」

「うん。あったかくしてるから平気。それに、ドワーフたちに依頼した暖房器具が完成したら、もっと暖かくなるんだから」

「依頼？　何を作ってもらうんだ？」

「あのね、昔、軍の遠征で豪雪地帯に行った時に見たやつなの。詳しく聞いたら、その地域に代々伝わる、伝統的な暖房器具なんだって」

「へぇ～……なんか面白そうだな」

「でしょ？　ドワーフたちに相談したら、ノリノリで作り始めたよ」

「そうなのか」

「うん。今日中に完成するってさ」

どんな暖房器具か気になるが、完成後のお楽しみだ。

緑茶を飲みながらまったりしていると、薬院のドアが開いた。

「わぅーん!!　お兄ちゃんお外で遊ぼっ!!」

「まんどれーぃく」

「失礼します。いきなり押しかけて申し訳ありません」

「お、いらっしゃい」

ライラちゃん、マンドレイク、アセナちゃんだ。

この三人は寒さをものともせずに遊んでる。一応、もこもこのセーターと防寒着、イヌ耳やオオカミ耳を崩《くず》さない形のニット帽を被らせている。

「う～ん、ふわもこで可愛い♪」

「わふぅん」

シェリーがライラちゃんを抱きしめ、ニット帽越しに頭をなでなでした。

アセナちゃんも、オオカミ耳と尻尾を出している。完全な人狼に変身する練習もしているみたいだが、上手く行ってないようだ。

「お兄ちゃん、お姉ちゃん、お外で遊ぼ!!」

キラキラした瞳で言うライラちゃん……外か。

ぶっちゃけ寒いからあんまり出たくないけど、断ったらライラちゃんが悲しみそうだしな……仕方ない。シェリーを道連れに遊ぼう。

「わかった。じゃあみんなで遊ぶか」

「うん。あ、そうだ!! せっかくだし、豪雪地域で習った遊びを教えてあげる!!」

「わう？ どんなのー？」

「ふふふ、まずは外に出ましょうか!!」

「まんどれーいく」

俺とシェリーは防寒着を着込み、毛糸の帽子と手袋をして外に出る。

「さっむ……」

「ま、冬だしね」

「お前、寒くないのか……？」

子供たちはともかく、シェリーも平然としてる。

「あたしの魔法特性は『氷』だからね。寒さには耐性があるのよ」

「そりゃ羨ましい……」

「わぅぅ、お姉ちゃん早くあそぼー!!」

「まんどれーいく!!」

「どんな遊びなのですか？」

ライラちゃんとアセナちゃん、めっちゃ尻尾ふりふりしてる。

「で、何をするんだ？」

俺たちは、スコップを持って家の前に並んでいた。

シェリーは、スコップを肩に担いで誇らしげに言う。

「これから作るのは、『かまくら』よ!!」

「……かまくら？」

「うん!! 雪を山のように積んで固めて、その中に空洞を作るの。冬にしか作れない、雪の基地よ!!」

「わぉぉぉん!! なんか面白そうー!!」

「まんどれーいく!!」

「基地……なんだか心惹かれますね」

意外とノリノリだった。というか、遊べればなんでもいいのかも。

「よーし!!　大きなかまくらを作りましょー!!」

「わぉーん!!」

「まんどれーいく!!」

「はいっ!!」

「お、おお」

こうして見ると、シェリーもまだまだ子供だな。

◇◇◇◇◇

「ぜー……、ぜー……」

「ほらお兄ちゃん、子供たちに負けてる負けてる!!」

「む、無茶言うな……」

雪山を作るのがこんなに大変とは思いませんでした。

スコップで雪を掬《すく》い、かまくら建設位置に置き、再び雪を掬う。たったこれだけの動作なのに、十五分で俺の腕は限界になった。というか子供たちの体力が半端ない、休む暇もなく雪を掬い続けている。

「な、なぁ……もういいだろ？」

「んー……そうね」

雪山の大きさは、高さ二メートルはあるドーム型だ。休むことなく作ったのでかなりデカい。

「ちょっと大きかったかも。でもいいわ」

「おいおい、アバウトだな」

「いいの!! じゃあ次、この山を固めて崩れないようにするわ」

シェリーは杖を取り出し、雪山を軽く叩く。たったそれだけで雪山の水分が凝結し、カチカチの雪山が完成した。

「さっすが『氷姫《ひょうき》』シェリーだな。氷魔法に関してお前に勝てる奴はいないよ」

「オーベルシュタインの魔獣には全然通じなかったけどね……」

「わんわん!! これを掘るの？」

「ええ。掘りすぎて壁を貫通しないようにね」

「まんどれーいく!!」

「では、始めます!!」

子供たちは、雪山を掘り始めた。俺も負けじとスコップを突き立てるが……

「か、かってぇ!? スコップが刺さらんぞ!?」

「わぅ？ そんなことないよ？」

「まんどれーいく」

「ええ、普通の雪と変わりませんが……？」

「………」

けっこうショックを受けた。ライラちゃんたち、フツーに掘ってるし。

いやいや、人間では無理ってこと。この子たちの身体能力、龍騎士たちよりすごいって言ってたしね。

ショックを受ける俺の肩を、シェリーが叩く。

「シェリー……」

「お兄ちゃん、『着火《ファイア》』でかまくらの中を綺麗にしよっ」

「お兄ちゃんはあたしと一緒の作業ね!!」

「ああ。ありがとうシェリー、俺、可愛い妹がいて幸せだ」

「お、お兄ちゃん……えへへ」

それから、作業を分担した。

ライラちゃんたちが豪快に雪山を掘り、中に入れるくらいになったので、俺とシェリーは中で雪壁の凸凹や天井を杖に灯《とも》した火で炙《あぶ》って溶かす。

壁のギリギリまで掘り、小窓代わりの穴を空けて、中は完成した。

「あとは、崩れないように完全に固めるわね」

シェリーが杖でかまくらを叩くと、雪は完全に凍り付き、鋼鉄並みの強度になる。

この状態なら何があっても溶けることはない。

「よし、完成!!　どうお兄ちゃん？」

「すごいな……雪のドームか」

こうして、かまくらは完成した。

「ふふふ、まだ終わりじゃないわ。むしろここからが本番よ!!」

「わふ？　中で遊ぶんじゃないの？」

「それもいいけど、かまくらはゆったりする場所なの。外での遊びは別として、かまくらでのんびりしましょうか。そのためにいろいろ準備するわね!!」

シェリーの指示で、いろいろな道具を準備した。何に使うかよくわからないけど。

「じゃ、さっそくやるわよ。お兄ちゃん手伝って!!」

「あ、ああ」

まず、水を弾《はじ》く特製の防水シートをかまくらの中に敷き、その上にフカフカもこもこのカーペットを敷く。もちろん土足厳禁だ。

次に、ドワーフの工房で焼いた大きな花瓶みたいなものを運び入れる。

情けないことだが、俺の腕力では持てずライラちゃんが片手で運んだ。

「なぁ、この花瓶みたいなのは？」

「花瓶じゃなくて『火鉢』っていうの。この中に灰を入れて、魔石の欠片を燃やすのよ。そうするとあったかくなるんだから」

するとアセナちゃんとマンドレイクが、園芸用に取っておいたサラサラの砂や灰を入れた袋を持ってきた。

「持ってきましたー!!」

「まんどれーいく」

「うん、ありがとね!!」

火鉢の底に砂を敷き詰め、その上に灰を入れる。

さらに、細かい魔石の欠片を入れて魔力を流すと、いい感じに熱が出てきた。

「おお、あったかいな……」

「わうぅ……ねぇねぇ、かまくら溶けない？」

「大丈夫、あたしの魔法で凍らせてるから、油をかけて火をつけても溶けないわ」

「な、なんか怖いたとえですね……」

「まんどれーいく」

火鉢を五人で囲み、しばらく温まった。

「本当は、ここでお団子を焼いたり温かい飲み物を作ったりするんだけど」

「ま、あとででいいだろ」

「わふぅ、おやつ!!」

「まんどれーいく」

まったく、お団子なんて言うから子供たちが反応してしまった。

すると、かまくらの入口に見知った人が……アウグストさんだ。

「おう。シェリーの嬢ちゃん、依頼の品が完成したぜ」

「ほんと!?　ありがとうございます!!」

アウグストさんが、雪にまみれながら何かを運んできたようだ。

◇◇◇◇◇

「なんだこれ……テーブルじゃん」

「違う違う。ほら見て」

「ん……あれ、網の中に魔石の欠片？」

アウグストさんは帰った。

かまくらの中はシェリーが依頼したテーブルらしき道具と、フカフカした四角い布団、そしてテーブルの天板だ。

テーブルの底には四角い網状の箱が設置され、中には細かい魔石の欠片が入っている。

「……あ、そういうことか!!」

「わふ？」

「まんどれーいく」

「ええと……あ、わたしにもわかりました!!」

俺とアセナちゃんはわかったが、ライラちゃんとマンドレイクはよくわかっていない。首を傾げてキョトンとしている。

シェリーは、さっそく指示した。

「お兄ちゃん、わかったなら組み立てるよ」

「ああ。ライラちゃんとマンドレイクはよく見てろ。アセナちゃん、手伝って」

「はいっ!!」

カーペットの上にテーブルを置き、四角い布団をかけて天板を乗せた。

「完成!! もうわかったでしょ？」

「おう。これ、足を入れて温めるテーブルだよな」

「正解!! コタツっていう暖房器具みたい。件《くだん》の豪雪地域では、一家に一台必ずあるみたいよ。かまくらの中に火鉢とコタツを入れて温まるなんて最高じゃない!!」

「確かに……よし、さっそく」

かまくらの中はけっこうな温度なので、防寒具を脱いでコタツに入る。

すると、魔石の欠片からちょうどいい熱が発せられ、冷たい足がポカポカしてきた。

「あ～……これいいな」

「でしょ～……」

「わふぅ……あったかい」

「まんどれーいく」

「すごい、これ……兄さんに教えてあげたいな」

子供たちが並んで寝ころび、俺とシェリーはコタツの上でだら～んとだらける。

外は雪が降り、いつの間にか暗くなってきたが……どうも動ける気がしない。

「そーだ!!　ミュアを呼んでくる!!」

「まんどれーいく」

「うん、アルラウネも呼んできます!!」

「よし、せっかくだし今日はここでご飯食べるか。かなり広いし、みんな入っても大丈夫だろ」

「……実は、そう思ってこの広さにしました、なーんて」

ちゃっかりシェリーめ。可愛いヤツ。

一度かまくらから出て、晩ご飯の仕込みを始めているシルメリアさんを捕まえた。

「ご主人様。夕食の支度はこれからです。何かご希望のメニューは」

「あのさ、今日は外で食べない？　かまくら作ったから、そこで食べられる食事にしよう!!」

「かまくらとは、先ほどから外で作業をしていた、あの雪山のことですか？」

「うん。今日はみんなで外に行こう」

メニューをシルメリアさんに任せ、カンテラやクッションを準備して外へ。

すると、ミュアちゃんとアルラウネを引っ張るライラちゃんがいた。

「にゃ〜っ!!　寒いのやだー!!」

「寒くないよ、あったかいの!!」

「あるらうねーっ!!」

「まんどれーいく!!」

「ああもう、二人とも来ればわかるのに……」

ライラちゃんはミュアちゃんの尻尾を、マンドレイクはアルラウネの腕をそれぞれ引っ張る。

俺は子供たちの間に入った。

「ほらほら、尻尾が取れちゃうぞ」

「にゃあぅ……ご主人さま、さむい」

「大丈夫。ほら、アルラウネも」

「あるらうねー……」

二人を防寒着で包み、抱っこした。

正直腕がきついが、大人しくなっている今がチャンス。ダッシュでかまくらまで向かい、二人を解放すると……

「ふにゃぁ……あったかい」

「あるらうねー」

「ほら、この中はもっと暖かいぞ」

「にゃう？　…………にゃぁぉ～」

「あるらうねー……」

コタツの中に入った二人は、一瞬で蕩《とろ》けてしまった。

ライラちゃんたちもコタツに入り、子供たちはゴロゴロしていた。

シェリーはミュディたちのところに行ったし、夕飯までもう少しかな。

◇◇◇◇◇◇

夕飯は鍋物だった。

シルメリアさんたち銀猫の特製魚介鍋で、コタツに入って食べる鍋はとんでもなく美味かった。

外はすっかり暗くなり、カンテラの光がかまくらの中を照らす。さしずめ、宴会のような騒ぎだった。

かまくらを作ったシェリーは絶賛され調子に乗り、子供たちも新しい遊び場ができたと大喜び、シルメリアさんたち銀猫はコタツに興味津々《しんしん》で、ミュディやローレライも部屋に欲しいと言いだした。

クララベルがコタツで寝てしまい、今日はみんなでコタツに入って寝ることに。

本当はコタツで寝るのはよくないらしいが、今日は特別だ。

このかまくら内のカンテラの光は外に漏れ、浴場帰りの銀猫やハイエルフたちがチラチラ覗きに来た。

みんなコタツが気になったらしく、エルダードワーフに作ってもらったと言ったらもう大変。翌日からコタツの製造依頼がわんさと入ってきたそうだ。

村にコタツをもたらしたシェリーは、しばらく村のヒーローだった。

さらに、暇を持て余したハイエルフたちが、自宅の前にかまくらを作って遊んでいたとかなんとか……冬は娯楽が少ないからな。

緑龍の村の冬は、穏やかに進んでいく。

第二十一章　天使の整体院

寒い冬はまだまだ続く。

広いリビングでみんなと朝食を食べていると、シェリーが言った。

「お兄ちゃん、天使の整体院が今日完成すると思うから、できたら呼びに来るね」

「整体院……ああ、アドナエルの店か。そういえばシェリーに任せきりだったな」

「アシュト、私もいるわよ」

「おお、ローレライもか」

建物は完成し、整体師の面接や住居の手配、店の飾りつけや細かい運営方法まで、この二人は関わっていたな。

ぶっちゃけ俺は、マッサージとかにあまり興味ないからぶん投げていた。村の女の子たちが喜ぶならいいかな、くらいの考えだった。

「院長のヨハエルさんが報告書を提出するから、ちゃんと読んでね」

「わかった」

「それと、アシュト専属の整体師を村長湯に手配してあるから、挨拶しておきなさいな」

「え、マジで？」

「……言っておくけど、男性よ」

「ろ、ローレライ、俺が何かを期待してるとでも？」

「「「「…………」」」」

みんなから冷たい目を浴びてしまいました……下心なんてないのに。

◇◇◇◇◇

朝食が終わり、薬院で仕事を始めた。

そういえば最近、エリクシールの素材探しをしていない……あと必要なのは古龍の鱗《うろこ》、ユニコーンの角、ソーマ水の三つなんだよなぁ。

ドラゴンロード王国に古龍の鱗の手がかりがあると思ったけど、ガーランド王は知らないっていうし、残りの二つは情報すらない。

「ま、伝説の霊薬だ。そう簡単には見つからないよなぁ」

とりあえず薬品棚を確認すると、風邪薬の備蓄が危ういので調合することにした。

その時、薬院のドアが開く。

「やっほー村長!!　あっそびにきたよー!!」

「おにーたん、あそぼ!!」

「はよっす、村長!!」

「おはようございます、村長。朝から騒がしくて申し訳ない」

ノーマちゃん、エイラちゃん、シンハくん、キリンジくんのデーモンオーガたちだ。

水に弱いと言うが寒さには強いらしく、防寒着も着ないでここまで来たようだ。

ノーマちゃんは胸当てだけで肩もお腹も見せているし、シンハくんなんて上半身裸だぞ……見ているこっちが寒い。

「ささ、みんな入って。今お茶とお菓子を出すから」

「やった、さんきゅー村長!!」

「おにーたん、ありがとー」

ノーマちゃんはソファにダイブし、エイラちゃんも真似をする。

「シンハ、こっちに座れ」

「うぃー」

シンハくんは新しい薬院を眺め、キリンジくんは相変わらず冷静な感じだ。

俺は紅茶を淹れ、作り置きしておいたアルラウネドーナツを出す。すると、キリンジくん以外の三人はさっそく手を伸ばした。

「う～んおいしい～♪」

「おにーたん、おいしい!!」

「んん、やっぱ村長さいこーだぜ!!」

「はは、ありがとう。キリンジくんも食べなよ」

「……いただきます」

よし、俺も食べるか。

相変わらずアルラウネドーナツは美味いな。おやつにぴったりだ。

「そーいえば村長、村にまた新しい建物できるんでしょ？」

「ああ、マッサージのお店だよ。エンジェル族がマッサージしてくれるんだ。ノーマちゃんも利用するといいよ」

「マッサージねぇ……気持ちいいの？」

「シェリーやローレライが力入れてるからなぁ……たぶん、かなり気持ちいいんじゃないか？」

「ふーん。お風呂上がりに行ってみようかなぁ。あ、エイラも一緒にね」

「いくー!!」

まだデーモンオーガでは幼女のエイラちゃんが、マッサージを理解できるかな？

美味しそうにドーナツを頬張る姿は可愛らしさしか感じない。

「シンハくんとキリンジくんも遠慮しないで。男性用マッサージもあるみたいだし、それに、最近は龍騎士団で鍛えられてるみたいじゃないか。疲れがたまってるんじゃない？」

キリンジくんは、龍騎士団で剣を習っている。

パワーなら村で最強クラスだが、キリンジくんは技術が欲しいと言っていた。そこで彼が注目したのがドラゴンロード王国の精鋭龍騎士たちだ。キリンジくんのあとにくっついて、シンハくんも一緒に習っているそうだけど。

「剣の訓練は楽しいです、でもマッサージを受けるほどじゃないですね」

「おれは面白そうだから受けてみる!!」

毎日、こんな感じだ。

薬院には、病人以外のお客様がたくさん来る。

お茶を飲みに来たり、他愛ない話をしに来たり、寒い冬を忘れて温かい話で盛り上がる。

今更言うことでもないが、毎日とても楽しいです!!

◇◇◇◇◇

その日の午後、お昼を食べてのんびりしていると、シェリーが来た。

「お兄ちゃん、整体院が完成したよ!!」

「おお、よかったな」

「お兄ちゃん、早く来てよ!!　みんな大喜びなんだから!!」

「わかったわかった」

シェリーに腕を引かれて浴場へ向かうと、オシャレな建物が完成していた。

建物前には背の高い男が……

「ハァ〜イ、アシュト村長!!　ようやくオープンだぜェ〜♪」

「あ、アドナエル……来てたのか」

「そりゃもちろんサ!!　ウチと緑龍の村を繋ぐ大事な店舗、社長のオレが来ないと話にならないジャ〜ン!!」

相変わらずうっとうしい話し方だ……

建物の外観には白く美しい装飾が施され、浴場と中で繋がっているからそのまま行ける。中には美容系のショップやマッサージ室が充実し、髪を切る場所もあるみたいだ。女性のための店って感じだ。

「おはようございます、アシュト村長」

「あ、イオフィエルさん。おはようございます」

「本日開店となります。それとこの者が、アシュト村長専属の整体師となります」

イオフィエルさんが言うと、若いイケメンの男性が前に出る。

年齢は二十代半ばくらいだろうか、かなり鍛えられた肉体を持つ、イケメンのエンジェル族だ。

「初めましてアシュト様。私は村長専属整体師、カシエルと申します」

「はい、よろしくお願いします」

「今後、入浴後の整体は私にお任せください」

「は、はい」

カシエルさんは一礼した。

専属整体師ってマジなのか……ありがたいような、そうでないような。

すると、エルミナが出てきた。

「さーて、お客第一号はこの私ね!!」

「あ、ずるいエルミナ、あたしだって!!」

「……わたし」

メージュとルネアが参戦し、競い合うように中へ消えた。

他のハイエルフや銀猫も店内へ消え、残されたのは俺とアドナエルだけになる。

「村長、これからよろしく頼むゼ～!!」

「あ、ああ……まぁ、みんな楽しそうだし、よかったよかった」

「つーわけで、冷えた身体を温めるために一杯どうだい？　いい酒があるんだけどヨゥ!!」

「……うん、もらおうか。じゃあ来賓邸に行くぞ、つまみを作らせるから」

「オーゥ!!」

アドナエルを連れて来賓邸で飲んでいるとディミトリが乱入してきて、結局三人で飲むことになった……まぁ、楽しいからいいかな。

第二十二章　マンドレイクとアルラウネの雪遊び

寒い日が続く。外は雪が降り、辺り一面が真っ白だ。

俺は薬院にある暖炉の傍で読書をしていた。今日は暇な方で、患者はまだゼロだ。

『ファア～……ネムイー』

「ウッド、寝ていいぞ」

『ン～……』

寒さに弱いウッドは、暖炉の傍で丸くなってコロコロ転がっている。ミュアちゃんみたいだ。

すると、元気いっぱいのマンドレイクと、寒さで震えているアルラウネがやってきた。

「まんどれーいく！」

「……あ、あるらうねー」

同じ植物なのに、どうしてこうも違うのか。

マンドレイクは室内を駆け回り、アルラウネは暖炉の近くに転がった。

「あるらうねー……」

「アルラウネ、寒いか？　ほらこれ、カイロだ」

俺は、ポケットに入れていたカイロをアルラウネに渡す。ミュアちゃんに渡したのと同じ、砕いた魔石と小石を小さな袋に入れ、魔力を流して温める暖房具だ。

「あるらうねー……」

アルラウネは、カイロを両手で持ち頬ずりする。

「はは、あったかいか？」

それを見たマンドレイクが俺のもとへ。袖をくいくい引っ張ってきた。

「まんどれーいく！」

「あ、欲しいのか？　……悪い、もうないんだよな。あとで作ってやるから」

「まんどれーいく！」

「わわ、わかった。今作るって、わかったから」

マンドレイクが袖をグイグイ引っ張り暴れるので、予備の材料を使って作ってやった……よかった、カイロの予備材料が余ってて。

「よし。お茶でも淹れるか。確かミュディの作ったケーキが冷蔵庫に……」

「まんどれーいく！」

「あるらうねー！」

ケーキと聞いて、二人が興奮した。

◇◇◇◇◇◇

甘い紅茶とケーキでお腹いっぱいになった二人は、退屈なのか俺に甘えてきた。

膝の上に乗り、俺の胸に頭をぐりぐり押し付けてくる。

ウッドに助けを求めようとしたが、暖炉の傍でスヤスヤ眠っていた。

「はは、困ったな」

「まんどれーいく」

「あるらうねー」

二人は撫でてほしいようだ。なので、二人の頭を交互に撫でる。

甘える二人をしばし撫でていると……ドアがノックされた。

「アシュト、いる？」

「ミュディ？　どうぞ」

ミュディが部屋に入ってきた。何やら荷物の入った鞄《かばん》を持っている。

「あ、ちょうどよかった」

「どうした？　怪我でもしたのか？」

「ううん。マンドレイクちゃんとアルラウネちゃんを探してたの。家にいないから、もしかしたらアシュトのところかなーって思って」

「二人を探してたのか？」

「うん。ちょっとプレゼントを用意したの」

「？」

マンドレイクとアルラウネが首を傾げ、ミュディは持っていた鞄を机の上に置いた。

鞄を開けて中身を出すと、それは……

「じゃーん！　防寒着！」

「おおー！　それ、二人のために？」

「うん。ミュアちゃんとアルラウネちゃんが寒そうにしてたから、キングシープの羊毛を使って作ってみたの」

ミュディが見せつけるように広げたのは、モコモコしたフード付きのコートだ。

マンドレイクとアルラウネのサイズに合わせたのか、やけに小さい。

一応、コートは二人とも持っている。だが、本来は春用のものなので、厳しい冬の寒さには適していない。マンドレイクは気にしていなかったけどね。

だが、これは本格的な冬用だ。寒さが苦手なアルラウネも大丈夫だろう。

「さ、着てみて」

「まんどれーいく！」

「あるらうねー！」

新しい服に興奮している二人は、ミュディと俺の手伝いでモコモココートを着込む。

やはり、生地が分厚いのでふっくらして見える。フードを被ればまん丸に見えなくもない。

「きゃぁ～♪　ふわふわして可愛い♪」

ミュディがマンドレイクを抱きしめて興奮している。

俺もアルラウネを撫でながら言った。

「アルラウネ。さっそく外出てみるか？」

「あるらうねー！」

俺とミュディも外へ出る支度をして、四人で外へ出た。

ちなみにウッドは、暖炉の傍でスヤスヤ眠っていた。

◇◇◇◇◇

さっそく外へ出たが……さ、寒い。

「雪だな……」

「冬だしね」

薬院の外来用ドアから外へ出ると、雪がしんしんと降っていた。

だが、マンドレイクはもちろん、アルラウネも飛び出す。

「まんどれーいく！」

「あるらうねー！」

二人は雪の上をゴロゴロ転がり、雪の掛け合いをしたり、じゃれあっていた。

そんな様子をほっこり見ていると、薬院のドアが開く。

「ご主人様。今夜の夕食ですが……」

「あ、シルメリアさん。そうだ、せっかくだしシルメリアさんも外で遊びません？」

「え……ですが、夕飯の支度が」

「まぁちょっとだけ。ほら、マンドレイクとアルラウネを見てくださいよ。あんなに楽しそうにして……」

せっかくなので、シルメリアさんを巻き込むことに。

シルメリアさんも、あまり外に出ない。寒いけど、少しは外の空気を吸わないと。

「あ、じゃあ、わたしのコート貸すね。あったかいの作ったんだ」

ミュディが部屋に戻り、灰色のもこもこしたコートをシルメリアさんへ渡した。

シルメリアさんは少し悩んだが、コートを着て外へ出た。

「よーし。じゃあ集合！」

寒いので、俺もテンションを上げていこう。

みんなを集め、さっそく話をした。

「見て。薬院の外来用ドアの前が少し寂しいよな？　なので……雪ダルマを作ります！」

「おー！」

「まんどれーいく！」

「あるらうねー！」

「雪ダルマ……確か、シェリー様がおっしゃっていた、豪雪地帯にいる雪の守り神でしたね」

シルメリアさん、詳しい。

確かに、シェリーがそんなこと言ってたな。家の前にあるかまくらの隣に、雪玉を二つ重ねたような、団子みたいな雪玉の像がある。

「よし。五人いるし、二手に分かれよう。マンドレイクは経験者だからアルラウネと一緒、ミュディとシルメリアさんは俺と一緒に作ろう！」

というわけで、雪ダルマ作り開始だ！

「まんどれーいく！」

「あるらうねー！」

マンドレイクとアルラウネは、競い合うように雪玉をゴロゴロ転がしていた。

最初は小さな雪の玉を造り、それを転がして大きくする。

「あるらうねー！」

アルラウネは、防寒着が本当に嬉しいようだ。寒さに弱く、家の中で過ごすことが多かった。かまくらができても変わらなかったが、今じゃ外で遊べる。

「ふふ、嬉しそうだね」

「ああ。ミュディ、ありがとな」

「ううん。あ、ちなみにミュアちゃんの分も作ってあるから。シルメリアさん、あとで渡してもらえますか？」

「かしこまりました……ミュディ様、ありがとうございます」

「いえいえ。子供たちには冬を楽しんでもらいたいですから」

薬院の前に、シルメリアさんが転がした土台となる大きな雪玉ができた。そこに、俺とミュディで転がした大きな頭部分の雪玉を乗せようとするのだが。

「む、ぬぐぐぐっ……!!」

「アシュト、がんばって！」

「お、おぉぉぉぉ……ッ」

なんと、重くて持ち上がらない。

俺はしゃがんで気張る。だが……まったく持ち上がらなかった。

「ご主人様、失礼します」

「え」

シルメリアさんがひょいっと持ち上げ、そのまま土台の上に載せた。

「…………はは」

「では、飾りつけを……あら、あちらも終わったようですね」

脱力する俺。ミュディが肩を叩いて慰めてくれた。

マンドレイクとアルラウネの方を見ると、なんとも立派な雪玉ができている。

「まんどれーいく！」

「あるらうねー！」

マンドレイクとアルラウネが協力して頭部分を持ち上げ、土台の上に載せた。

俺たちの作った雪ダルマよりも大きなものが完成した。

マンドレイクとアルラウネがハイタッチし、俺たちの周りでぴょんぴょん跳ねる。

「じゃあ、飾りつけしよっか！」

ミュディが、どこからか雪ダルマの飾りを取り出した。

ニンジンや大きなボタン、余ったフェルトなどを使い、バケツを帽子に見立てて被せる。

そして完成……薬院の前に、立派な雪ダルマが完成した。

「完成！」

「やったー！」

「ふぅ……いい運動になりました」

「まんどれーいく！」

「あるらうねー！」

シルメリアさんの言う通り、いい汗を掻いた。

しばし、雪ダルマを眺める。

『きゃんきゃん！』

「あーっ！　お兄ちゃんたち遊んでるーっ！」

「マンドレイクとアルラウネも……いつの間に」

シロ、ライラちゃん、アセナちゃんだ。

二人と一匹で遊んでいたのか、身体中雪まみれだ。シロは俺の周りをグルグル回る。

「むーっ、わたしも一緒に作りたかったー」

「ごめんごめん。でもほら、マンドレイクとアルラウネの作品、すごいだろ？」

「わぅぅ……すごい。あれ？　アルラウネ、寒くないの？」

「あるらうねー！」

防寒着を見せつけるアルラウネ。ライラちゃんも「これでアルラウネも外で遊べる！」って喜んでいた。

ライラちゃんたちが合流したことで、今度は全員で巨大雪ダルマを作ることになり、俺たちは大汗を掻くのだった。

第二十三章　冬のハイエルフ

冬のハイエルフはのんびりしている。

収穫を終え、貯蓄も終えた。あとは冬が終わるまでゆるりと過ごし、今までできなかったことに挑戦する。

緑龍の村のハイエルフたちは、裁縫をしたり小物作りをしたりして過ごしていた。

だが、中には何もせずグータラ過ごすハイエルフもいる。

「ふぁ……メージュ、チコレート取ってー」

「ん……ほれ」

「あーん」

「って、エルミナ、それくらい自分でやりなっての。ほれ」

「んっ」

メージュの投げたチコレートが、エルミナの口の中に入る。

「……メージュ、のど渇いた。ジュース」

「あんたもかい……ほれ」

「ん～」

メージュは、ルネアにフルーツジュースの瓶を渡す。

ルネアはジュースを飲み干すと、図書館から借りた本を読み始めた。

「ふぁ……眠いわねぇ」

「エルミナ、あんただらけすぎよ……ふぁ」

「……ふぁ」

ハイエルフ三人娘は、冬の時間を満喫していた。

ちなみに、三人がいる場所はアシュトの新居前に作られたかまくらの中である。

シェリーが手配したコタツに入り、火鉢には団子が刺してあり、いい感じに焼け始めている。

エルミナはテーブルに突っ伏し、メージュはチコレートを食べ、ルネアは持ち込んだ本を寝転んで読んでいる。

最近のエルミナたちは、このかまくらを占領することが多かった。誰も文句を言わないので問題はないが。

　すると、かまくらに誰かが来た。

「やっほー、遊びに来たよん」

「おやつ作ってきたからみんなで食べましょう♪」

　ハイエルフ友達のシレーヌとエレインだ。

　エレインはショートウェーブヘアで巨乳、シレーヌはロングヘアの普乳の子だ。この村に来たハイエルフたちはみんな同年代の友達で、一緒に仕事をして一緒に住む仲間なので気を遣う必要があまりない。それに、お互いのことをよく知っている。

「エルミナちゃん、クッキー食べる？」

「お、さんきゅーエレイン。お返しに団子あげる」

「ありがとー♪」

「メージュ、あんたドーナツ好きでしょ？　作ってきたよ」

「わぉ、さすがシレーヌ。愛してるぅ～」

「はいはい、キモイキモイ」

　女の子同士、気兼ねない話をして盛り上がる。コタツは広く、心も体も温まる。

「ねーエルミナ」

「ん～？　何シレーヌ」

「村長とえっちなことした？」

「ブッフーッ⁉」

「ちょ、エルミナきったない‼」

「あわわ。メージュちゃんがビショビショにっ‼」

シレーヌが何気なくそう呟くと、エルミナは噴き出し、飲んでいたジュースをメージュにぶちまけた。

「ばばば、バカ言わないでよ‼　そういうのはちゃんと式を挙げてからだっつの‼　まだキスしか……あ」

「ほほう」

「へぇ～」

「え、エルミナちゃん、キスしたんだ」

「～～～っ‼」

墓穴《ぼけつ》を掘ったエルミナは赤面した。そして、開き直る。

「き、キスはしたけどね、そういうのはまだよ。それに順番もあるし……」

「順番？　何それ？」

「シレーヌ、あんた興味津々だね」

「そういうメージュだって。それにエレインだって目がキラキラしてるよ」

「わ、わたし……気になりますっ‼」

エルミナはため息を吐き、頬杖をつく。

「ファーストキスは私がもらっちゃったから、そっちの方は最後でもいいってミュディたちに言ったわ。それに、初めてはミュディってみんなで決めたのよ」

シレーヌが、意外そうに聞く。

「ふーん……なんで？」

「そりゃ、ミュディは子供の頃からアシュトのことが好きだったし、結婚の約束もしてたっていうし……ほんとは、ファーストキスも欲しかったんじゃないかなーって思ったけどね」

「エルミナちゃん……」

「ま、ミュディは気にしてなかったわ。それに、ローレライもクララベルも、アシュトとの初めてはミュディしかいないって言ってた」

「なるほど……エルミナ、あんたはそれでいいの？」

「いいも何もメージュ、悪いことなんてなんにもないわよ」

するど、今まで黙っていたルネアが起き上がり、ニヤッと笑う。

「エルミナもいいけど、みんなはどうなの？　メージュ、最近龍騎士の団長さんと仲がいいよね」

「うぇえっ⁉　あ、あたしはそんな別に、ランスローさんとお茶してただけで他意はないというか……はっ」

メージュも、墓穴を掘った。

「ランスローさん、ねぇ……ねぇシレーヌ、聞いた？」

「ええエルミナ、聞いたよ。メージュってば団長と仲良くなってる。ねぇエレイン」

「はわわ……き、騎士との恋なんて、素敵ですぅ‼」

「ち、ちっがう‼　恋とかじゃないっての‼　ルネア、変な質問すんなっ‼」

「自爆したのはメージュだよ」

「つぐぅぅ……っ‼」

メージュをからかっていると、エレインが気が付いた。

「ん？　……あら？」

「エレイン？」

「いえ、その……この子がコタツから」

なんと、コタツからネコミミの少女が出てきて、エレインの太ももを枕にしたのだ。

「うにゃ……くぁぁ」

「って、ミュアじゃない。いつの間に」

「にゃう、わたし最初からここで寝てたー」

「あらら、気が付きませんでしたわ。よしよし」

「にゃあう」

エレインは、ミュアの頭をなでなでして、そのまま背中から抱き締める。

エレインは可愛いもの好きなので、子供は大好きなのだ。

ミュアの登場で、メージュへの追及は終わった。

「ほらミュア、お団子食べる？」

「たべる!!」

「ふふ、ジュースもありますよ」

「のむ!!」

「ねぇねぇ、ネコミミ触らせて」

「いいよー」

「じゃあ尻尾は?」

「にゃう、ちょっとだけー」

ミュアにかまい始め、ガールズトークは終了した。

こうして、冬の時間は穏やかに過ぎていく。

第二十四章　冬のアシュト

ある寒い雪の日、俺はディミトリの館でリザベルと話をしていた。

リザベルは熱いカーフィーを出してくれて、俺は遠慮なく啜る。

「はぁ～……美味い。寒い日は熱いカーフィーに限る」

「アシュト村長、すっかりハマりましたね。あれほど苦い苦いとおっしゃっていたのに」

「ディミトリも言ったけど、慣れると病みつきになる美味さだよな。読書には欠かせない飲み物だよ」

「お気に召《め》したようで何よりです」

俺は、けっこうこの店に顔を出している。

相変わらず面白い商品が多く、通貨システムを取り入れてからけっこう繁盛しているようだ。

「ところでアシュト村長。暇つぶしも結構ですが、結婚式の準備は進んでいるのですか？」

「暇つぶしって……相変わらず毒舌だな。結婚式の準備はまぁまぁ進んでるよ。春になったら教会を建てる予定だし、龍騎士団は『祝福飛行』とやらの練習をしてる。ハイエルフのジーグベッグさんには婚礼の弓と矢を手配してもらったから、今のところ問題はないよ」

教会は、人間である俺たちが結婚式を行う場所だ。

祝福飛行とは、ドラゴンに跨《また》がった騎士が空を舞い、歴代のドラゴンロード国王に捧げる演武らしい。代々、龍騎士団が役目を請《う》け負《お》っているそうだ。

婚礼の弓と矢は、ハイエルフの夫婦が共に天に向かって射る矢で、この儀式を行った夫婦は永遠を約束されるとか。

ミュディたちの意見を取り込んだ結婚式の準備は、順調に進んでる。

「今のところ問題はないよ。冬が明けたら忙しくなるけどな」

「なるほど……では、私から一つ贈り物を」

「ん？」

リザベルは、瓶に入った丸薬をカウンターに置いた。

どうも怪しい……粒が真っ黒だし。

「いずれ必要になります。どうぞお収めください」

「……………なんだこれ？」

「こちら、ディアボロス族特製の精力剤でございます。一粒飲むとあーら不思議、朝までギンギンの」

「いらん!!」

説明を遮り、瓶を返した。

リザベルは、なぜかため息を吐く……何こいつむかつく。

「アシュト様。五人もいると大変でしょう？　枯れてしまっては元も子もありません」

「枯れるか!!　つーかまだしてない!!」

「ほほう、同じ屋根の下で寝食を共にし、将来を誓い合った伴侶たちをまだ抱いていないとは」

「う、うるさいな。そういうのは式を挙げてからって決めたんだよ!!」

「ほほう」

くっ……この生暖かい視線、むかつく。

「こ、こういうのは、お前の彼氏にでも使えよ!!」

「…………ほう、面白いことをおっしゃいますね」

「えっ……あ、その、ごめん」

やべ、地雷踏んだかも。

こういう時は、さっさと退散するのが一番だ。

「じゃ、カーフィーご馳走さまっ!!　また来るよ!!」

「……ありがとうございました」

やっべぇ、リザベルの笑顔怖い!!

ディミトリの館から逃げるように外へ出た。

リザベル、彼氏いないんだ……とんでもない地雷だった。今度から気を付けよう。

「……さむっ」

雪がしんしんと降り、カーフィーで温まった身体を容赦なく冷やしていく。

家に戻ってまたカーフィーでも飲もうかなと考えていると、防寒着を着た数人のハイエルフが通りかかる……エルミナたちか。

「あ、アシュトじゃん」

「よう、エルミナ、メージュ、ルネア……あと、シレーヌとエレインか。ミュアちゃんも」

「あらまぁ、わたしたちの名前もご存じでしたの、村長」

「そんなに話したことないのにねぇ……こりゃモテるわけだ」

と、エレインとシレーヌが言う。

そりゃ住人だしな。それに、記憶力には自信がある。

ハイエルフたちはわかるけど、なんでミュアちゃんが？

「ミュアちゃん、エルミナたちと遊んでたのかい？」

「にゃう。おかしいっぱいもらったの。あのね、これからお風呂にいくの」

「ふふん、ミュアにもマッサージを体験してもらおうと思ってね」

なぜかエルミナが胸を張って言う。

とりあえず、ミュアちゃんの頭をなでなでしてエルミナたちと別れた。寒いし、俺も風呂で温まっていこうかな……専属の整体師もいるし。

「よし、俺も風呂に行くか」

というわけで村長湯へ。

無駄に広い建物を進むと、新たに増設された『マッサージ室』の立て札が目に入る。

ドアをノックすると、自動で開いた。

「いらっしゃいませ、アシュト村長」

「こんにちは、カシエルさん」

俺の専属整体師カシエルさん。

天空都市ではけっこう名の知れた整体師らしい。普段は男湯でマッサージをしているが、俺が村長湯のノレンを潜るとこのマッサージ室に転移してくるんだとか……そんなことで転移しなくてもいいのに。

「ええと、これから風呂に入るんで、上がったらお願いします」

「かしこまりました。どうぞごゆっくり」

イケメン天使に頭を下げられる経験のない俺は、ひたすら恐縮する。

脱衣所で服を脱ぎ、タオルを持って浴場へ。

「ふぅ〜……薬草湯最高」

薬師の俺は、薬草湯が何よりの癒し。

冬は身体の血行をよくしてポカポカに温まる薬草湯をメインに湯を張っている。

寒いのは嫌だし、早く冬が終わればいいなと思う。

「このあとはマッサージを受けて……夕飯前にかるーく飲むかなぁ」

久しぶりに、ミュディたちと飲むのもいいな。

セントウ酒に、家の地下で熟成させてるワインも開けてみようかな。あまり飲まないけどウィスキーもいいなぁ。

「……っと、そろそろ上がるか」

風呂から上がり、下着一枚でマッサージ室へ。

「カシエルさん、よろしくお願いします」

「はい、ではこちらに横になってください」

ベッドに横になると、カシエルさんはオイルのようなものを背中に塗る。

そして、そのままますこーしずつ、指圧を始めた。

「寝てしまっても構いませんので、力を抜いて楽にしてください」

「はー………い」

俺は、いつの間にかオチていた。

◇◇◇◇◇◇

カシエルさんに起こされると、身体がとてもすっきりしていた。

血の巡りがよくなったのか、ポカポカして気持ちいい。

「それでは、またのお越しを」

「ありがとうございました!!　カシエルさん、最高ですよ!!」

「ふふ、そう言っていただけると整体師冥利《みょうり》に尽きますね」

いやはや、このイケメン天使はさすがだ。

外は雪が降っているけど、お風呂とマッサージのおかげで身体がポカポカしていた。家に帰ると夕飯の準備をしてるのか、キッチンからいい匂いがしてきた。

中を覗くと三人の銀猫が調理をしている。シルメリアさん、マルチェラ、シャーロットの三人だ。

すると、シルメリアさんが俺に気が付いた。

「ご主人様、おかえりなさいませ」

「ん、ただいま」

「すぐお茶をお持ちしますので、どうぞおくつろぎを」

「うん、ありがとう」

邪魔しちゃ悪いので、部屋でお茶を飲んで待つ。

ミュディたちも帰ってきて、夕食の時間になった。

夕飯では、今日の出来事を喋りながら食べ、お酒も飲んだ。

他愛ない話をして、食卓には笑顔があふれる。

食事が終わり、いい気持ちのままベッドに入り、そのまま目を閉じた。

明日も、こんな日だったらいいなと思いつつ……

第二十五章　冬の女子会

新居にあるミュディの部屋では、女子会が開かれていた。

ミュディにシェリー、クララベルにローレライ。壁際にシルメリアが待機し、四人でお茶を楽しんでいる。

エルミナは、外にあるかまくらで、ハイエルフ友達とのんびりしているらしい。お茶に誘ったが、どうもコタツから離れられないようだ。

ローレライはカーフィーを啜り、ミュディに微笑む。

「ん……美味しいわね」

「うん。アシュトからもらった最高級カーフィーよ。ディミトリさんからだって」

「へぇ……レッドリヴァーよりも高級なカーフィーがあるなんてね。それに、カーフィーを淹れたシルメリアの腕もいいのかしら」

ローレライは、壁際に待機してるシルメリアに笑顔を向けるが、使用人という立場を崩さないシルメリアは、無言で一礼した。

「ん～……ホットミルク美味しい♪」

「確かにね。しかもこれ、妖精の蜜《フェアリーシロップ》入りだし」

クララベルとシェリーは、シロップ入りホットミルクを飲んで温まっていた。

カーフィーの苦みにどうしても慣れず、未だに砂糖とミルクなしでは飲めない二人。シルメリアは気を利かせ、ホットミルクを用意してくれた。

シルメリアに感謝しつつ、四人はお茶会を楽しむ。

「それにしても、外は寒いね」

「冬ですもの。まぁ、私やクララベルは寒くないのだけれど……ミュディとシェリーは大丈夫なのかしら？」

「ま、なんとかね。あたしは『氷』属性だから寒さに強いけど、ミュディは平気なの？」

「わたしは……冬は苦手かなぁ」

「そーなの？　雪は冷たくて気持ちいいのにー。ねぇ姉さま‼」

「クララベル、あなたも結婚するのだから、もう少しレディとしての自覚を持ちなさい。子供のようにはしゃぐのもいいけど、おしとやかに女の子らしく振舞うことも大切よ？」

「うーん……そういうの苦手かも」

「んっふふ、お兄ちゃんに嫌われちゃうかもよー？　お兄ちゃん、ああ見えて女の子に興味津々だしねー」

その時、クララベルが意気消沈していることにローレライが気付いた。

「クララベル？」

「姉さま、わたし……お兄ちゃんと一緒によくお風呂入るんだけど、お兄ちゃんはわたしの身体を見てがっかりしてるのかも。胸も小さいし……」

「「……一緒にお風呂？」」

協議の末、クララベルがアシュトと一緒にお風呂に入ることは、しばらく禁止となった。

その後、他愛ない話で盛り上がった。

小さな頃の話、それぞれの王国であった面白い事件などで盛り上がる。

「お兄ちゃん、子供の頃はけっこうやんちゃ坊主でね、木登りして近くの川に飛び込んだり、あたしやミュディを無理やり川に突き落としたり」

「それでシェリーちゃんが泣いちゃって、アシュトがリュドガさんに怒られたんだよね」

「な、みゅ、ミュディだって泣いていたじゃない‼」

「そ、そうだっけ？」

「そうよ。結局あたしたち三人とも泣いちゃって、ヒュンケル兄がこっそりお菓子くれて……」

「そうだった……ふふ、わたしたち三人って、ヒュンケルお兄さんのこと大好きだったよね」

「うん。お兄ちゃんもヒュンケル兄のこと好きで、『リュドガ兄さんじゃなくてヒュンケル兄の弟になるー‼』って言ってたっけ」

「うんうん、懐かしいね……」

子供時代のアシュトをあまり知らないローレライは、羨ましそうに言う。

「二人とも、アシュトのことたくさん知ってるのね……羨ましいわ」

「わたしも、お兄ちゃんが小さかった頃のこと知らないから羨ましいー」

「仕方ないわよ。ローレライとクララベルは、ドラゴンロード王国のお姫様なんだし……っていうか、結婚式に王様とか呼ぶの？」

「もちろんよ。手紙を送ったら『死んでも行く』って返ってきたわ……」

ちなみに、ガーランド王への手紙は龍騎士が定期的に届けている。

その時にいつも大量の贈り物を持たせられるので、手紙と荷物の運搬役の龍騎士五人がかりでドラゴンロード王国に向かっている。

「結婚かぁ……」

ミュディはうっとりしながら言う。

「そうねぇ……」

シェリーも、ぽや～んとしていた。

「アシュトと、結ばれて……子供も生まれて……」

ローレライは、結婚後の生活を具体的に想像していた。

「お兄ちゃんの赤ちゃん欲しいなぁ……」

クララベルも、にこにこしながら呟く。

「ふふ、みんな女の子の顔してるわねぇ～♪」

シエラは、そんな少女たちを見て微笑んでいた。

「「「はぁ～……」」」

「ふふっ♪」

「「「え？」」」

「はぁ～い、みんな元気？」

いきなり現れたのは、シエラこと緑龍ムルシエラゴだった。

壁際に立っていたシルメリアはギョッとしてドアを確認した。開いた痕跡はないし、窓を見ても開いていない。というかこの部屋は二階だ。

「ふふ、美味しそうな香りに釣られて来ちゃいましたぁ～♪」

「し、シエラ様？　いきなりで驚きました」

「こんにちは、ローレライちゃん。相変わらずとっても素敵ね♪」

「あ、ありがとうございます」

ローレライは、父からシエラのことを聞いていた。

昔、自分を育ててくれた母のようなドラゴンにして、神話七龍の一体であると。妻以外に唯一頭の上がらない存在だと。そして……初恋の相手でもあったと。

「クララベルちゃんも、今度一緒に空を飛びましょうか。約束ですものね」

「うん‼」

クララベルは、シエラによく懐いていた。

最近では、ドラゴンの姿で一緒に飛ぶこともある。雪を浴びながら飛ぶのはとても気持ちがいいそうだ。

「シエラ様、よかったらドーナツでも」

「あら、ありがとうミュディちゃん。ふふ、お姉さんもお土産を持ってきたの。よかったらみんなで食べましょう」

「わぁ、うれしいです」

シエラは、茶色い妙な物体を取り出した。

球体の全体が鋭い針で覆われ、触れると刺さりそうだ。

これには、シェリーも顔をしかめる。

「あ、あの……なんですか、これ」

「ふふ、これは『クリ』っていう植物よ。表面はトゲトゲだけど、中には美味しい実が入っているのよ？　調理に手間がかかるけど、おやつにはもってこいなの♪」

「クリ……また知らないのが出てきた。これもセントウみたいなモノですか？」

「ええ。『仙桃《セントウ》』は果実だけど、こっちは木の実ね。地上ではもう見ない、伝説の実かしら」

「わぁ～……すごいですね‼」

「クリ……私も初めて聞いたわ」

「どんな味するの？　早く食べよう‼」

「ふふ、じゃあ調理してもらいましょうか」

もちろん、シルメリアの出番である。

まず、クリを良く洗って水に浸け、一時間ほど置く。

次に、たっぷりの水で茹《ゆ》でる。そしてあとは皮を剥《む》いて出来上がり。

「と、こちらが完成品で～す♪」

シエラが楽しそうに言う。

皿の上には、シルメリアが皮を剥いたクリがあった。

黄色く、一口サイズの大きさで食べやすそうだ。それに湯気が昇り、食欲をそそる香りがする。

「わぁ……なんだか美味しそう」

「ふふ。昔のクリは水に浸けるだけで一晩必要だったけど、これは私が改良したクリだから、こんな短時間でできちゃうのよ♪」

「さ、さすがシエラ様……あたし、もう何も言えないわ」

「でも、美味しそうね……」

「ねぇねぇ姉さま、みんなで食べよ‼」

さっそく、ミュディたちは一つ摘まんで口の中へ。

ほくほくした熱さ、はらはらほぐれるクリの実、ほのかな甘みが口いっぱいに広がった。

「お、おいひいっ、あふっ」

「あひひっ、おいひっ」

「んっぐ……すごい、これは軽食にピッタリね」

「ん～、あっつあつ、美味しい‼」

パクパクと、手が止まらなかった。

シエラもクリをつまみ、口の中に入れた。

「ふふ、美味しい♪　このクリ、美味しい食べ方はまだたくさんあるの。アシュトくんに苗を、シルメリアちゃんにレシピを渡すから、春になったらみんなで食べてね」

「はい、ありがとうございます‼」

ミュディたちはお礼を言い、シエラは満足そうに微笑んだ。

クリという新しい味は、これから村に広がっていくだろう。

◇◇◇◇◇

家に帰ると、いい匂いが……

「わぅ？　お兄ちゃんだー」

「え、ご、ご主人様⁉　んっぐ⁉」

「あわわわわっ⁉」

「まんどれーいく」

「あるらうねー」

家にはライラちゃん、マルチェラ、シャーロット、マンドレイクにアルラウネがいた……って、しまった。ここ使用人の家だ。つい間違えて玄関を開けてしまった。

「悪い悪い、間違えちゃった」

「わふ。お兄ちゃんお兄ちゃん、これ食べよ、おいしいよー」

「ん？　……そういえば、いい匂い」

「げっほげっほ!!」

「あわわ、あわわわわっ!!」

「お、おいおい、落ち着けマルチェラ、シャーロット」

マルチェラとシャーロットの銀猫二人は、俺に食事シーンを見られたのが恥ずかしいようだ。ネコミミをぴくぴくさせて慌てていた。

テーブルの上には、黄色い粒が皿に盛られている。

「おじゃまします。と、それはなんだい？」

「わうぅ。これ、クリっていうおやつなの。シエラさまが持ってきたー」

「シエラ様が？　へぇ……俺も食べていい？」

「げっほげっほ!!　ど、どうぞご主人ざま……」

「お、お見苦しいところをお見せしましたっ」

「いや、俺もいきなりドアを開けて悪かった。マルチェラ、シャーロット」

「うにゃっ⁉」

「にゃうっ⁉」

マルチェラとシャーロットの頭を撫でると、ネコミミがピクピク動き尻尾がピーンと立つ。

「クリ、だっけ。くんくん……では、いただきます」

パクッと一口……おお、美味い。

ほんのり甘く、口の中でほろほろと崩れていく。一口サイズで食べやすいし、おやつにピッタリかも。

「わぅぅ、おいしい？」

「うん、これは美味しい。村の新しい産業になるな……苗木があれば植えて、葉っぱがあればウッドに食べさせて増やしてもらおう」

「まんどれーいく」

「あるらうねー」

ライラちゃんの隣に座ってクリを食べる。

復活したマルチェラとシャーロットがお茶を淹れてくれた。うんうん、紅茶やカーフィーよりも、クリには緑茶が合うね。

すると、玄関のドアが開いた。

「ただいまーっ‼　あ、ご主人さま‼　ん……くんくん、なんかいい匂いー‼」

「おかえりミュア、今ね、お兄ちゃんとクリを食べてるの‼　おいしいよ」

「にゃあ‼　おやつ食べるー‼」

ミュアちゃんが帰ってきた。

俺の隣に座ろうとするが、マルチェラに首根っこを掴まれ持ち上げられる。

「ミュア、はしたないですよ？　まずはご主人様に挨拶をして、手洗いとうがいをしっかりなさい」

「にゃぁぁ……はーい」

ミュアちゃんは銀猫最年少で、他の銀猫たちから可愛がられてる。でも、しつけに関しては厳しい。

俺は口出しせず、銀猫の教育は銀猫に任せることにした。

戻ってきたミュアちゃんがクリを頬張ると、幸せそうにネコミミがぴこぴこ動く。

シャーロットが、嬉しそうに言った。

「ご主人様、シエラ様からレシピをいただきましたので、このクリを使った料理を作りたいと思います」

「おお、そりゃ楽しみだ。どんな料理なんだ？」

「はい。ええと、甘グリ、クリケーキ、クリパイ……おやつばかりですが」

「あはは、確かにこれはおやつだな。でも、期待してるよ」

「は、はいっ‼」

クリか、こりゃいい食材だわ。

◇◇◇◇◇◇

新居に戻り、自室へ。自室の壁際には、大きな鉢植えが二つ置いてある。

『オカエリ、オカエリ』

『オオ、カエッタカ……』

「ただいま、ウッド、ベヨーテ」

寒さに弱いウッドとベヨーテだ。二人とも、鉢植えをベッドにして休んでる。

二人とも最近はよく寝ている。フンババは雪を楽しんでるんだけどなぁ。

『アシュト、アシュト、オナカヘッタ、オナカヘッタ』

「おお、ご飯の時間だな」

『トビッキリノテキーラヲタノムゼ』

「テキーラじゃなくて栄養剤だけどな」

毎日、二人のために土に栄養を与えている。

俺は杖を取り出し、栄養剤を生み出す魔法を使う。すると杖の先端から透明な雫がポタポタと土にしみこむ。

『アシュト、アシュト、オイシイ、オイシイ!!』

「はは、よかったな。よしよし」

『フ……イイアジダゼ、アシュト』

「おう、よかった」

ウッドは撫でられるが、ベヨーテは無理だ。手が棘で傷だらけになっちまう。

食事が終わったウッドは可愛らしく欠伸をする。どうやら眠いらしい。

「ウッド、春になったら外で遊ぼうな」

『ウン、アソブ、アソブ!! ……ファ、ネムイ』

「さぁ……おやすみ」

『……オヤスミ、アシュト』

ウッドは、土に根を張ると寝てしまった。

冬は冬で楽しいが、ウッドが外に出られないのを見ると少し寂しいな。

『オレモスコシネル……』

「ああ、おやすみ」

ベヨーテも、テンガロンハットを顔にかぶせ、そのまま寝てしまった。

俺は椅子に座り、部屋に持ち込んだ書類のチェックをする。すると、ドアがノックされ、シルメリアさんがお茶を運んできた。

「失礼します。ご主人様、お帰りになっていたのですね」

「すみません。その、家の玄関を間違えて、あっちでクリを食べてました」

「なるほど……お茶をお持ちしました」

「はい」

シルメリアさんは、緑茶と小皿に載せたクリを出してくれた。

うん、いいチョイスだ。素晴らしい。

「ありがとう、シルメリアさん」

「はい。それでは失礼いたします」

さて、のんびりした分、仕事でもするか。

いくつかの書類に目を通していると、一枚の書類で止まる。

「……教会」

そう、春に結婚式を挙げるので、そのための教会を建築するというものだ。

建築自体は構わない。敷地や材料は山ほどあるし、結婚式も楽しみだ。

俺が考えているのは……

「……報告くらいはしたほうが、いや……別にいいか」

ビッグバロッグ王国にある元実家。エストレイヤ家。

俺に無関心な父上、貴婦人たちの中心であり茶会ばかり開いて自慢話しかしない母上はともかく、
リュドガ兄さんには報告したい。

他にも、ヒュンケル兄さんやシャヘル先生……両親はともかく、俺によくしてくれた人は多い。

「待てよ？　ローレライやクララベルが俺と婚約したことは報告した……もしかして、それがビッグバロッグ王国にも報告されてるかも」

除籍されたとはいえ元は王国貴族の次男坊だ。ガーランド王には実家を放逐されたことは伝えたけど……自分の娘が嫁ぐ相手の家に報告くらいは……って。

「……や、やばい」

もし、俺が村を興したなんてリュドガ兄さんが知ったら……ここに来る可能性もある。リュドガ兄さんなら、連れ戻しに来かねないぞ!?

でも、除名した人間をまた一族に迎え入れるなんて、その家の品位を落と……リュドガ兄さんがそんなことを気にするはずがないか。

父上はどう言うか……シェリーはここに来ているんだし、止めることはないだろうな。

「………まぁ、いいか」

俺は、たとえリュドガ兄さんが何を言おうが、ここから離れるつもりはない。

ここは、俺の新しい故郷だ。

第二十六章　アシュト、家族を想う

今日も雪がしんしんと降り、寒さは絶好調と言ったところだ。

俺はシロのいるユグドラシル真下の狼小屋に、途中で会ったアセナちゃんとやってきた。

『きゃんきゃんっ!!　きゃんきゃんっ!!』

「おうおう、この寒いのにお前は元気だなぁ。その元気、ウッドやベヨーテにも分けてやってくれよ」

シロは、俺たちを見るなり駆け出して飛びついてきた。

「ふふ、こんにちはシロ。お元気ですか？」

『きゃううぅん……』

「きゃっ、あははっ、くすぐったいです」

シロはアセナちゃんのほっぺをペロペロ舐める。

ちなみに、シロは俺の次にアセナちゃんに懐いている。夕方のエサはアセナちゃんが担当していた。

「それにしても、ここに来て一年以上経つのに思ったより大きくならないなぁ」

「フェンリル様の成長は緩やかですからね。十メートルを超える体躯に成長するまで、少なくても百年は必要ですよ」

「え、そうなの？　じゃあシロは……」

「しばらくこの大きさですね。ふふっ」

『くぅん？』

シロは可愛らしく首を傾げた。

まぁ、この大きさも可愛い。でも……ハイエルフの里にいた親フェンリルみたいなシロもいいな。背中に乗って森を駆け抜けたりしてみたい。

「ふふ、シロって真っ白だから、雪の中に隠れたら見つかりませんね」

「ははは、そうかもな」

なんとなく、アセナちゃんの頭をなでなでするると……

「ッッッ～～～～っ!?」

「うおっ!?　あ、アセナちゃん？」

アセナちゃんは、ビクッと身体を震わせた。

「ご、ごめんなさい……その、兄さん以外に撫でられたこと、なかったので……」

「ご、ごめん。嫌だった？」

「い、いえ……その、久しぶりだったので、驚いて……嫌というわけでは」

「………」

ふと、フレキくんの言葉を思い出す。

ワーウルフ族の里へ帰郷するフレキくんを見送った時のことだ。

『師匠、たまにアセナのことを撫でてやってください。あいつ、ああ見えて甘えん坊で……でも、自分をしっかり見せてるから、ボク以外の人に甘えるってことができないと思うんです』

と、そんなことを言ってた。

オオカミ耳と尻尾が出ていることに気が付いてないのか、尻尾が揺れ耳はピコピコ動いてる。

「アセナちゃん。家に戻ってお茶でも飲もう。シルメリアさんが作った『甘グリ』でも食べながらさ」

「は、はい」

『きゃんきゃんっ‼』

「おお、シロも来いよ」

このあと、アセナちゃんとシロをなでなでしまくった。

◇◇◇◇◇

アセナちゃんと別れたあと、外の空気を吸おうと家を出ると、サラマンダー族のグラッドさんと数人のサラマンダーと行き合った。

「「「「お疲れ様でーっす‼」」」」

「ど、どうも」

サラマンダーの迫力には未だに慣れない。

身長二メートルを超え、真っ赤な鱗に覆《おお》われた身体、トカゲというよりはドラゴンにしか見えない顔つき。個体によって体に傷があり、それでなんとか見分けている。

若頭のグラッドさんは、無数の傷があり、片目が完全につぶれている。歴戦の戦士って感じだ。

「えーと、みなさん、どちらへ？」

「へい叔父貴《オジキ》。ガキに食わせるメシを取りに冷蔵庫まで」

「メシ……」

えーと、抱えているデカい生肉のことでしょうか……

ま、まぁ、サラマンダーは肉食だしね。普通の料理やお酒もたしなむけど、子供のうちから生肉を食べるのが普通らしい。

そういえば、サラマンダーの子供に会ってないなぁ。

「あの、よかったら俺も家にお邪魔していいですか？　子供にも会ってみたいし……」

「もちろんです‼　ガキも喜ぶでしょう‼」

グラッドさんがゲラゲラ笑い、その子分たちもガハハと笑う。

笑うと鋭すぎる牙が丸見えですよ……いい人たちなんだけど、やっぱ怖い。

「じゃ、じゃあ行きましょうか」

「はい。ご案内します‼」

というわけで、久しぶりにサラマンダーたちが住んでいる集落へ向かった。

◇◇◇◇◇

サラマンダーたちの家は、燃えにくいように耐火煉瓦で造られている。

グラッドさんの家の中に入ると……めっちゃ寒かった。

どうやら暖房器具はないらしい。寒さを克服したリザード族が進化してサラマンダー族になったっていうけど、克服したからって寒さ対策をしないのはおかしくない？

家の中は、テーブルとイス、簡易キッチン、寝室に繋がるドアしかなかった。すっごくシンプルですね。

「帰ったぞ!! おい、茶を用意しろ、叔父貴《オジキ》が来たぞ!!」

グラッドさんが呼びかけると、寝室から奥さんが出てきた。可愛らしいサラマンダーの子供を抱っこしている。

「これはこれは村長様、ようこそ我が家へ」

「叔父貴《オジキ》、粗末な家で申し訳ない。ささ、こちらへ」

「どうも。それと……こんにちは、ええと……ドランくん」

「きゅあ?」

奥さんが抱いている子供に挨拶すると、可愛らしく首を傾げた。どうやらまだ喋れないようだ。

奥さんはニッコリ笑って言う。

「村長様、よろしければ抱いてみますか?」

「え、いいんですか?」

「はい。名付け親の村長様に抱かれるなんて、これほど嬉しいことはないでしょう」

「で、では」

グラッドさんの息子ドランくんを抱っこすると……おお、あったかい。

いい感じの温度で気持ちいい。この寒い家に唯一ある熱源だ。これは手放せない。

「きゅあぁぁ……」

「おっと、はは、お母さんが恋しいのかな？」

ドランくんは身体を揺すって俺の手から逃れようとする。知らない匂いに敏感なのかな？

俺は奥さんにドランくんを渡した。

「すみません叔父貴《オジキ》、まだ乳離れできねぇようで」

「子供ですからね。それにしても、可愛いですね」

「……へい。これからバシバシ鍛えてやります」

「お、お手柔らかに」

やっぱり、跡継ぎの誕生は嬉しいらしい。

「………………」

子供、か。

父上は、俺のことをどう思ってるだろうか。

オーベルシュタインで村を興し、村長になっていると聞いて、少しは表情を変えるだろうか。

除籍してほしいと俺が言っても無関心だった父上に期待するなんて馬鹿らしいな……母上も、家にはリュドガ兄さんがいるし、なんの成果も残せなかった俺を心配するはずもない。

「きゅあ、きゅあぁ」

「あらら、あんたに抱っこしてほしいってさ」

「む……お、叔父貴《オジキ》の前でそんな」

「……抱っこしてやってくださいよ。お父さん」

「お、叔父貴《オジキ》……では、失礼しやす」

グラッドさんは、我が子を抱っこして高い高いする。

俺は、あんなことを父上にしてもらったことはない。撫でてもらったことも、褒めてもらったこ
とも。

「きゅあぁぁぁっ‼」

「はは、こいつめ」

どんな種族でも、父と息子はこんなに仲がいい。

暖房器具なんてなくても、家の中はとても暖かかった。

第二十七章　エストレイヤ家の結婚報告

「この度、私の副官でありアトワイト家長女ルナマリア嬢と婚約したことをご報告いたします」

「ほぉ‼　リュドガ・エストレイヤ将軍、ついに身を固める決意をしたか‼」

ビッグバロッグ王国王城、謁見の間。

リュドガとその補佐であるルナマリアは、ビッグバロッグ国王に婚約の報告をした。なお、報告
の場にはヒュンケルも同席している。

国王は、リュドガとルナマリアの婚約を心から喜んでいた。

それもそのはず、生まれつきの体質で子を作ることができない国王は、人望と人気をあわせ持つリュドガを、次期国王に指名しようとしていた。

リュドガなら、他の貴族たちも納得するだろう。敵対などすれば負けるのは確実なのだから。

「で、式はいつだね？　国を挙げて祝おうじゃないか‼」

「式は春を予定しています」

「はっはっは‼　任せろ任せろ、エストレイヤ家とアトワイト家の名に恥じぬ立派な式を執り行おうぞ‼」

ノリノリの国王に脇に控えていたヒュンケルは息を吐き、小声で呟く。

「……やっぱこうなるよなぁ」

国王がリュドガを次期国王に据えようとしているのは有名な話だ。

もちろん、ヒュンケルも知っている。ルナマリアも知っている。

さらに言えば、リュドガも国王になってもいいと考えている。

「ありがとうございます。陛下」

「あ、ありがとうございましゅ……」

ルナマリアは、照れと緊張で噛んだ。

◇◇◇◇◇◇

執務室に戻った三人は、ソファでだらけていた。

「あー疲れた……つーか、陛下の報告になんでオレが付き合わなきゃいけないんだよ」

と、ヒュンケルが騎士服の胸元を緩めながら言う。

「いいだろう別に。その、お前には世話になってるし……」

「いや、だから関係ないだろ」

ルナマリアが苦笑し、ヒュンケルがツッコむ。リュドガは、なぜか俯いていた。

「ん、どうしたんだよリュドガ」

「いや……父上と母上になんて報告しようかなって」

「……何をだよ？」

「もちろん、結婚の報告さ」

「え」

ヒュンケルはガバッと身体を起こす。

「おま、お父上に報告してないのか⁉」

「ああ」

「ああ、じゃねーよ⁉　普通最初に報告すんだろうが⁉」

「いや、その……最近、というかここ数月、顔を合わせてなくてね……」

「…………」

ヒュンケルは、さすがに頭を抱えた。

家族と折り合いが悪いのは聞いていたが、まさかここまでとは思わなかった。

父については仕方ない。勝手に婚約者を決めて可愛い弟を除籍したからだ。しかもその婚約者は可愛い弟が愛していた幼馴染の少女だった。

母アリューシアは、子供ではなく子供の成績しか見ていない人物だった。

連日、貴族たちを集めてお茶会を開き、夫やリュドガの自慢ばかりしていた。彼女はビッグバロッグの社交界の頂点に君臨する女傑《じょけつ》で、リュドガとシェリーを溺愛していたが、アシュトが除籍されシェリーがいなくなったと知っても顔色一つ変えなかった。

それどころか、シェリーがいなくなった翌日から、お茶会でシェリーの話を一切しなくなった。

リュドガは、そんな家族に嫌気がさしていたようだ。

家に帰るのは寝る時だけ。そんな生活が続いていたはずだ。

「やっぱり言わないとだめだよなぁ……」

「当たり前だろ。つーか報告の最初がオレで、次がルナマリアの家族、そんで国王って、滅茶苦茶な順番だぞ……」

「そうか？」

「そうだっつの‼」

すると、リュドガは妙案を思いついたのか手をポンと叩く。

「そうだ‼　なぁヒュンケル、今夜オレの家に来てくれ‼」

「嫌な予感しかしないし展開が読めるが……なんでだ？」

「ああ、父上と母上に結婚の報告をするから、ルナマリアと共に同席してくれ‼」

「ふざけんな‼」

ヒュンケルは、本気でこの天然バカに頭を抱える。

どこの世界に、自分の両親に結婚を報告するのに、婚約者と一緒に親友を連れていく奴がいるか？

だが、この天然バカと堅物女騎士は違った。

「確かに……ヒュンケルがいた方がいいな。リュドガや私の親友であるヒュンケルがいると力が湧いてくる」

「……オレは栄養剤なのか？」

「頼むヒュンケル‼　頼む‼」

「その熱意どっから湧いてくんだよ……」

ヒュンケルの苦労は、婚約しても終わらなそうだ。

◇◇◇◇◇◇

ビッグバロッグ王国一の苦労人ヒュンケルは、リュドガの実家から迎えに来た馬車に乗ってエストレイヤ家へ向かっていた。

同乗者はリュドガとルナマリア。しかもルナマリアは泊まりだとか。

「……早く代役を決めないとなぁ」

「む、ヒュンケル。何度も言うが私は騎士を辞めるつもりは」

「身重になってまで続けるもんじゃねぇだろ。妊娠してる間くらいは仕事から離れろ」

「にっ、にんし……ばっば、バカを言うな‼　私は妊娠などしていない‼」

「これから先のことだっつの。ったく、なんでオレがこんな苦労をしなくちゃいけないんだよ」

「あっはっは」

「いや『あっはっは』じゃねぇよリュドガ」

屈託《くったく》なく笑うリュドガ。

もしかしたら、実の両親よりオレといる方が楽しいとか考えてるんじゃ……と、ヒュンケルは考えていた。

そんな考えは、寂しすぎる。

「あ、そういえば夕食はどうする？　報告ばかりで忘れてた」

「んー……お前の家で適当に準備してくれよ」

「わかった。ルナマリアもそれでいいか？」

「構わない。よろしく頼む」

馬車は、エストレイヤ家に向かってゆっくりと進む。

屋敷に到着した三人は、硬直していた。

なぜなら……

「……リュドガ、か」

「……父上」

元将軍でありエストレイヤ家の当主アイゼン。

どういう偶然か、日の暮れ始めた雪の中、エストレイヤ家の正門で出くわしたのである。

「父上、あの……」

さすがのリュドガも困惑していた。

数月ぶりに見る父は、あまりにも変わっていた。

真っ黒に焼けた肌、現役時代よりも逞しくなった体躯、なぜか肌着一枚で、泥にまみれた作業ズボンと長靴《ながぐつ》姿だった。

しかも、巨大なリヤカーを引きずり、門を潜ろうとしていたのだ。

「…………」

「…………」

父と息子は、見つめ合ったまま話そうとしない。

というか、アイゼン元将軍寒くないんだろうか？　などという場違いな感想しか出てこないヒュンケルだった。

このままでは埒《らち》が明かないので、ヒュンケルが口火を切る。

「えーと……アイゼン様、そのリヤカーは一体……？」

「む、お前はギュスターヴ家の……と、そんなことはいい。これが気になるなら教えてやろう」

「え、あ、ど、どうも」

なぜか嬉しそうなアイゼンは、リヤカーに積んであったものを一つ掴む。

黄緑色の丸い物体……いや、まさかこれは。

「見てくれ、これは冬キャベツと言ってな、秋に種をまいて冬に収穫するキャベツのことだ。冬の寒さで引き締まり、甘みが増したキャベツは絶品だぞ」

「…………は、はい」

そう答えるのが精一杯だった。

アイゼン元将軍がキャベツ？　なんの冗談だ？

ルナマリアは完全にフリーズし、雪だけがしんしんと降っている。

「先ほど収穫を終えてな。これから厨房に運ぶところだ」

「…………なぜ、父上はそんなことを？」

「ふ、農業の素晴らしさに目覚めただけだ。最初は薬草を育てていたが、今は農作物を中心に育てている。エストレイヤ家の領地の一つを農場にしてな、いろいろな野菜を育て……」

「ふざけるな‼」

「ちょ、リュドガ‼」

ヒュンケルは、リュドガの肩を掴む。

「そんな楽しそうな笑顔で何を言ってるんだ‼　薬草？　農作物？　仕事を捨てて家族を捨てたくせに、新しい生き甲斐を見つけたような……」

「リュドガ、落ち着け‼」

ヒュンケルに肩を強く掴まれ、リュドガはようやく落ち着く。

アイゼンは、リュドガの言葉を真剣な顔で受け止めていた。

「アシュトのことだろう?」

「っ‼」

「わかっている。だが……もう遅い。わしはアシュトに、実の息子に酷いことをした。失ったものはもう元に戻らん。わしは後悔している……」

「だったら……」

「リュドガよ。わしは、アシュトの部屋にあった本を読んだ。薬草関係の本、農業、農耕魔法書、医学書……アシュトはアシュトなりに、このエストレイヤ家のためにできることをしようとしていた。わしは……そんな息子を切り捨てた」

「……」

「わしは、父親失格じゃ……だからせめて、息子がやろうとしていたことを、残りの人生をかけてやろうと決めたんじゃよ。これは……わしの償いなんじゃ」

「父上……」

「すまないリュドガ、わしは……」

「へくちっ」

ルナマリアのくしゃみが、全てを台無しにした。

「……おいルナマリア、空気読め」

「～～～っ‼」

ヒュンケルにたしなめられ真っ赤になるルナマリア。

リュドガとアイゼンは毒気を抜かれ、苦笑した。

「とりあえず、寒いし中で話そう」

「そうじゃな……」

「それと、その……実はオレたち、夕飯がまだなんだ。それで、もしよかったら……」

リュドガは、冬キャベツを見る。アイゼンは顔をくしゃっと歪《ゆが》め、頷いた。

「ああ、キャベツならたくさんある。いっぱい食べてくれ」

もしかしたら、和解への第一歩かもしれない。ヒュンケルはそう思い――

「……念のため持ってきてよかったぜ」

ポケットに入れておいた手紙を、こっそり触って確認した。

◇◇◇◇◇◇

たっぷりのキャベツ料理は美味しかった。

食事にはアイゼンも交ざり、和気あいあいとまではいかなかったが、重苦しい空気でもなかった。

ちなみに、母親のアリューシアはいなかった。

貴族たちを集めてパーティーを開いてるそうだ。仕方ないので報告は父から先にする。

茶碗を置き、リュドガは父に言う。

「父上、大事なお話が」

「む？」

「この度、私は……こちらのルナマリアと婚約しました」

「……なんと」

「春になりましたら、結婚式を挙げる予定です」

「おお、そうかそうか、それはめでたい」

アイゼンは、にっこり笑って何度も頷く。

現役時代のアイゼンを知る者なら、この男は偽物だと疑うレベルの笑顔である。現に、リュドガですらこんな笑顔の父は見たことがない。

「ルナマリア、きみはアトワイト家の長女だね」

「は、はい」

「アトワイト家には婚約の件で悪いことをした。まずは謝罪を」

「そ、そんな、お顔をお上げください、アイゼン様‼」

アイゼンは深々と頭を下げた。

リュドガは驚き、ヒュンケルも目を見開いていた。

エストレイヤ家の当主が長男の妻に頭を下げるとは。

「そして、これからも息子をよろしく頼む。エストレイヤ家の当主としてではない、息子を想う父の言葉として受け取ってくれ」

「……はい」

そして、アイゼンの視線はリュドガへ。

「リュドガ、お前は……アシュトの分まで、幸せになってくれ」

「……」

「家のことは心配しなくていい。お前は、お前の好きなように生きなさい」

「父上……」

リュドガは、アイゼンを完全に許す気にはなれない。

除名されたアシュトは行方不明。アシュトを追って出ていったシェリーは、各国を放浪しているとの噂だ。

もし父が目先のことだけを考えなかったら、リュドガの婚約話もなかったし、アシュトが家を出ることもなかった。

リュドガは将軍として、シェリーは魔法部隊のエリートとして、アシュトは王宮薬師として活躍したであろう。

「オレは、まだあなたを完全に許すことはできません」

「………」

「家族がバラバラになった原因は間違いなくあなたにある。でも……オレがあなたを突き放すことを、アシュトはきっと望まない。アシュトを探してるシェリーだって……」

「……」

「あなたがアシュトを想うように、オレもアシュトを想っている。あなたは、それに気が付くのが遅かった……でも、ようやく気付いて贖罪《しょくざい》をしようとしている」

「リュドガ……」

「父上、子供が生まれたら……名付け親になってください」

「……ああ、もちろんだ」

ようやく、和解できたのだろうか。

ルナマリアは目元をハンカチで拭い、この美しい家族の光景を眺めている。

そしてヒュンケルは……

(おいおい……なんかアシュトが死んだみてーな空気になってるぞ。この勢いでアシュトが生きてオーベルシュタインで村興しやってるって言おうと思ってたのに、こんな状況で言ったら雰囲気ぶち壊しじゃねぇか⁉　つーかオレがやばい⁉)

ヒュンケルは、一人苦悩していた。

「む……どうしたヒュンケル、汗がすごいぞ」

「い、いや」

「む、部屋が暑いのか?」

「い、いえ、大丈夫です、アイゼン様」

「ヒュンケル、寒いなら無理をするなよ。温かいハーブティーを持ってこさせよう」

「あ、ああ……」

アシュトのことを報告しなかったのはヒュンケルだ。

この状況は、間違いなくヒュンケルが原因……

（だ、誰か助けてくれ……）

ヒュンケルの胃に穴が開く日は……そう遠くない。

第二十八章　冬のシルメリアさん

ある日。シルメリアさんが新居のリビングを一人で掃除していた。

「お疲れ様です、ご主人様」

「あれ、シルメリアさん一人？」

「はい。奥様たちはメージュ様に誘われ、ハイエルフ女子会に出かけました。昼食もあちらで食べるそうなので、帰りは夕方になります」

「ハイエルフ女子会……」

確か、エルミナが定期的に開催してる女子会だ。

宴会場を使って座卓を並べ、自分たちが作ったお菓子やお酒を持ち込んで喋る集まりだ。

ミュディたちも誘われていったか……まぁいいか。

「じゃあ、子供たちは？」

「ライラとマンドレイクとアセナは外で巨大雪ダルマを作りに出かけ、ミュアとアルラウネはそれを近くのかまくらで見ているそうです」

雪ダルマって、シェリーがかまくらと一緒に広めた冬の遊びで、大きな雪玉を二つ重ねて作る守り神だよな。新居脇のかまくらの隣には、ライラちゃんが作った雪ダルマがある。

かまくらも今や村中にあるし、かまくらの中にコタツがあるのも当たり前だ。

「じゃあ、マルチェラとシャーロットは？」

「二人は使用人の家を掃除して、そのあとは浴場清掃の手伝いに向かいました」

「なるほど……」

じゃあ、ここにいるのは俺とシルメリアさんだけか。

ふふ、残念ながら緊張はしない。なんだかんだでシルメリアさんとは長い付き合いだからな。

「よし、シルメリアさん、掃除は中断。寒いし一緒にお茶でも飲もう」

「え……ですが、まだ終わって」

「いいからいいから。あと掃除してないのは？」

「倉庫と台所だけですが……」

「それくらいなら大丈夫だって。倉庫は毎日使うわけじゃないし、台所は調理しながらでも掃除できるし」

「…………」

「それより、たまには二人でお茶でも飲もう」

「……わかりました、ご主人様」

お、シルメリアさんがニッコリ微笑んだぞ。

シルメリアさんはティーカートを押して俺の部屋へ。そして高級カーフィーを淹れ、向かい合わせで座った。

「じゃ、いただきます」

「いただきます、ご主人様」

そういえば、シルメリアさんと一緒にカーフィーを飲むの、初めてかも。

カップに口を付けゆっくりカーフィーを流し込む……うん、やっぱり美味しい。この苦みがなんとも……ん？

「……～～～っ」

「……シルメリアさん？」

「なんで、しょうか……ごしゅじん、さま」

シルメリアさんは、めっちゃ顔を歪めていた。

も、もしかして……カーフィーが苦手なのか？

「あの、もしかしてブラック飲めないとか？」

「…………申し訳ありません」

「いやいや、無理しないで砂糖やミルク入れなよ!?」

「申し訳ありません……ご主人様と同じ味を楽しもうと」

「そ、そうなんだ……とにかく、砂糖とミルクを入れて」

「はい、失礼します……」

シルメリアさんは、ディミトリの館で買った角砂糖をカーフィーに投入し、ミルクを入れてかき混ぜて一口……あ、ネコ耳がピコピコッと動いた。満足したのかな。

シルメリアさんも飲んでるし、俺もカーフィーを楽しもう。

カーフィーをおかわりし、のんびりと話をした。

俺が話しかけ、シルメリアさんが答えるというスタイルだが、居心地がいいので苦にならない。

シルメリアさんの存在は、とても安らげる。

するとシルメリアさんから質問が来た。

「ご主人様、お伺いしてもいいでしょうか？」

「ん、何？」

「ご主人様は、奥様との子供を望まれますか？」

「え、ま、まぁ……そうだな。自分の子供なんてまだ考えられないけど、いずれは欲しいね」

「そうですか……」

俺の子供かぁ……ホントに想像できないなぁ。

男の子か、女の子か……俺に似てほしいと思うのは正しい感情だ。

「……ご主人様、お願いがございます」

「ん、どうしたの？」

「……私は、自分の子供が欲しいです」

「え……」

「奥様との子作りが終わり、子育てが落ち着いてからで構いません。どうか、私に子種を」

「ぶっ!? え、ちょ、それは」

「私は、姉のように……ミュアの母親のように、自分の子供を産んでみたいのです」

「………………」

銀猫族は、主に忠誠を誓い従属する種族だ。

前の主はミュアちゃんの母親である銀猫一筋だったから、他の銀猫は手つかずだったけど……シルメリアさんが子供が欲しいって言うなら、俺が子種を提供……つまり、そういうことだ。

「……わかった。その時が来たら必ず」

「ありがとうございます、ご主人様」

つまり、俺に銀猫の子供が生まれるってことだ。

ミュアちゃんみたいな可愛い子が、俺の娘として生まれる……やばい、すごい破壊力だ。

「ご主人様との愛の結晶……ふふ」

シルメリアさん、めっちゃ嬉しそう……

第二十九章　冬のデーモンオーガ

現在、俺は山の中を歩いていた。

同行人は二人。

上半身裸に腰布を巻いただけの真夏スタイルである、デーモンオーガのバルギルドさん、ディアムドさんだ。というか、俺は分厚いコートにエルダードワーフ製の滑り止めブーツ、ミュディが作った毛糸の帽子と手袋をしてるのに……見ているだけで寒いよ。

冬に入ってから何度も聞いたが、改めて聞く。

「あの、お二人は寒くないんですか……？」

「「問題ない」」

おいおい、声が揃ったよ。

デーモンオーガの皮膚は特別製で、大人になると柔軟性を持ちながら硬くなり、剣や槍では傷一つ付かない。それに毒の耐性もあるし、怪我どころか病気にすらならない。

寒さや暑さにも耐性があるらしく、夏でも冬でも腰布だけらしい。

エイラちゃんはまだモコモココートを着ていたけど、キリンジくんやノーマちゃんは、もう大人の肌になっているようだ。シンハくんも寒さだけは平気らしい。

「村長、目的地はまだか？」

「あ、もう少しです」

さて、なぜ俺がこんな雪山を登っているかと言うと……もちろん薬師としての素材収集のためだ。

雪山の洞窟に生える天然の苔が、内臓の病気に効く薬の材料になるんだ。雪が降る前にいくつか目星を付けていた洞窟を、こうやって回っている最中なのである。

バルギルドさんとディアムドさんは護衛だ。天然洞窟には凶悪な魔獣が冬眠している可能性もある。なるべく殺さないようにするつもりだが、やむを得ない場合は村のお肉となってもらう予定だ。

洞窟巡りはこれで四つめ。

苔はかなり採取できた。背負っているリュックには苔を入れた瓶がたくさんある。

魔獣も出たがバルギルドさんたちが威圧するとすぐに大人しくなった。大きな白熊や巨大トカゲは美味しい肉となるが、子供がいたのでやめておいた。

それから、最後の洞窟を探索しそろそろ帰ることにした。

デーモンオーガの二人は文句ひとつ言わずに手伝ってくれる。荷物も持ってくれるし、帰りなんて俺を担いで下山してくれたからな。

お礼に、ディミトリからもらった高級酒でも渡そうかな。

◇◇◇◇◇◇

「ありがとうございました。お礼と言ってはなんですが、これ」

「む……これは」

「酒、か？」

「はい。ディミトリからもらった、ベルゼブブの高級酒です」

「ほぉ、そんな高価なもの」

「いいのか？」

「はい。受け取ってください」

アシュトは高級酒を一本ずつバルギルドとディアムドに渡し、二人を見送って家の中へ消えた。

アシュトの前でこそ平然としていたが、離れると途端に顔を崩す。

「バルギルド、いい酒らしいな」

「ああ。今夜どうだ？」

「もちろん」

酒瓶を抱えて上機嫌な二人。家族に帰還を報告するために一度別れた。

◇◇◇◇◇

バルギルドは、自宅のドアを開けた。

「帰ったぞ」

「あ、父ちゃんお帰りっ‼」

「お帰りなさい、バルギルドさん」

出迎えたのは、シンハとキリンジだ。

ノーマはいない。妻のアーモは台所で食事の支度をしていた。

「父ちゃん父ちゃん、あのさ、キリンジ兄が一緒にご飯食べていくって‼」

「そうか。キリンジ、ゆっくりしていけ」

「はい、ありがとうございます」

キリンジは立ち上がり、頭を下げる。

バルギルドはキリンジの頭を撫で、酒瓶をテーブルに置いて考えた。

毎度思うが、どうしてディアムドのような男からキリンジのような冷静な息子が生まれたのか……ディアムドの妻ネマに似ているわけでもないし、とても不思議だった。

「帰ったぞ」

「ああ、お帰りバルギルド。村長の護衛お疲れ様」

「ああ。それと今夜」

「わかってる。どうせディアムドと飲むんでしょ？　ちゃんと準備しておくから」

「すまんな。それと」

「場所はあっちでしょ？　前はうちで飲み会したからね。ちゃーんと差し入れも作っていくから安心して。それに、私もネマと飲む予定だからね」

「む……」

よく見ると、台所の隅に見覚えのない酒瓶があった。

透明なボトルで中身は赤い酒だ。バルギルドは首を傾げる。

「これは？」

「ふふ、ディミトリの館で買ったお酒よ。ネマとコツコツ貯金してようやく買えたの」

「ほぉ……」

「悪いけど、あげないわよ。女だけで飲むんだから」

「…………」

妻であり妹のアーモは、バルギルドの考えなどお見通しであった。

◇◇◇◇◇

ディアムドの家では、ノーマがエイラと遊んでいた。

「む、ノーマか」

「あ、おじさん。お邪魔してまーす‼」

エイラと絵を描いていたらしく、床には羊皮紙が何枚も散らばっている。

ディアムドの妹であり妻のネマは、今夜の食事を作っていた。

「おかえりディアムド。もうすぐおつまみできるから、ちょっと待っててね」

「……む？」

「どうせバルギルドと飲むんでしょ？　あたしもアーモと飲むから、今日は四人で楽しみましょ」

「ふ、お見通しか」

アシュトからもらった高級酒の瓶を見せながら、ネマに微笑みかける。

すると、話を聞いていたノーマが言った。

「あの、おじさん、ネマさん。今日はこの家で飲み会開くんですよね？」

「ええ、そのつもりだけど」

「でしたら、エイラをウチに泊めていいですか？　シンハの奴も、キリンジとお泊まりするって言ってたし……子供は子供で楽しみますね‼」

「あら、ノーマったら気を利かせちゃって」

「おねーたん、お泊まりしていいーの？」

「もっちろん‼　ふふ、今夜はいっぱいお話ししようね‼」

「やったー‼」

ノーマは、とても気の利く女の子だ。

ディアムドとネマは頷き、ノーマの案を受け入れた。

◇◇◇◇◇◇

夜。デーモンオーガの大人たちは、ディアムドの家で盛り上がっていた。

子供たちは浴場へ行き、そのままバルギルドの家でお喋りをするだろう。

ネマとアーモはディミトリの館で買ったお酒、バルギルドとディアムドはアシュトにもらった酒を飲み、楽しく話をしていた。

バルギルドは、テーブルにある丸いものを指で摘まむ。

「ほう、これが噂のクリというやつか」

「ええ。銀猫さんたちからお裾分けしてもらったの。強いお酒のおつまみに丁度いいでしょう?」

アーモは銀猫が作った甘グリを摘まみ口に入れる。

ネマも甘グリを口に入れ、何気なく聞いた。

「そういえば……ウチのキリンジとノーマちゃん、どう思う?」

これに反応したのはバルギルドだ。

「どう、とは?」

「む……ネマ、どういうことだ?」

「はぁ~……男はこれだから、ねぇアーモ」

「そうねぇ……私たちは兄妹婚だから特に何も感じないけど、同い年の男がいれば気になるわよねぇ」

オーガ族は、基本的に兄妹婚が多い。

血縁関係が近い同士が子を成せば、生まれてくる子の血も濃くなる。オーガ族は、血が濃い者ほど強者と信じられている。

アーモは、ロックグラスに氷を入れ直し、赤い液体を注ぐ。

「ノーマとシンハは歳が離れてるから近親婚は難しいと思ってたのよねぇ……シンハも、ノーマのことを女として見るなんて無理だろうし」

「ウチのキリンジも、エイラを女として見るなんて絶対に無理よ。エイラを可愛がってるけど、小動物を愛でるような感覚だし」

「……む」

「……ぬぅ」

女同士の会話に入れない男二人。とりあえず酒を注ぎ、グラスを合わせる。

「それにしても、キリンジってすごいわねぇ。最近じゃ龍騎士さんに剣術を習ってるそうじゃない」

「ええ。あの子、図書館で本も読んでるみたいだし、学ぶことが楽しくて仕方ないみたいなの。まったく、どっちに似たんだか……」

「……キリンジは、いずれオレより強くなる。もちろん、そう簡単に抜かされるつもりはないが」

「……シンハは……むぅ」

シンハは、キリンジにくっついて剣術を習ったりしてるが、図書館には近付こうとしない。

その代わり、エイラを連れてよく遊んでいる。エイラも満更ではなさそうに見えることもある。

「オーガ族は近親婚が普通だけど、子供たちには自由にさせてあげたいわ。ねぇネマ」

「ええ。それに、近親婚で血が濃くなると強いって言うけど……あたしとディアムド、バルギルドとアーモ、この四人の血が混ざった子供なんて、見てみたいと思わない？」

ネマの言葉にバルギルドとディアムドは目を見開き、互いに顔を見合わせてニヤリと笑った。

「なるほど、考えてもみなかった」

「ああ、オレらの血が混ざった子……鍛え甲斐がありそうだ」

「ちょっとあんたら、子供たちの意思を尊重なさいね‼」

「そうよ、余計なこと言ったら……」

「も、もちろんだとも。なぁディアムド」

「そ、そうだそうだ。当たり前だとも」

デーモンオーガの夜は、まだまだ続く。

第三十章　冬のドラゴン姉妹

ドラゴンロード王国王女ローレライとクララベル。

龍人と呼ばれるドラゴンロード王国の王族で、ドラゴンへの変身能力を持つ希少な種族である。

興味本位でオーベルシュタイン領土に足を踏み入れ、魔獣に襲われた時をシエラに助けられ、アシュトが興した緑龍の村で保護された。今ではドラゴンロード王国からの正式な客人でありアシュトの妻でもある。

これは、そんな姉妹の冬の一日である。

◇◇◇◇◇◇

「ん……ふ、ん」

雪の降る朝。

ローレライは、新居の自室で目を覚ます。だが、妙に胸のあたりがくすぐったい。

「ふぁ……んん、姉さま」

「クララベル……まったく、この子は」

理由は簡単。

ローレライの妹クララベルが、ローレライの豊満な胸に顔をうずめて眠っていたからである。

もうすぐ十八歳になるというのに、子供のように甘えてくる。

そんなクララベルを愛おしく感じる一方、このままでは駄目だとも思う。現にクララベルは毎日ほとんど遊び惚けている。

勉強の時間になると逃げだし、食事は人一倍食べる。農園の手伝いやミュディの製糸場の手伝いこそするが、遊んでいる時間の方が圧倒的に多い。

それに、今では子供たちのリーダーとしても君臨している。

「クララベル、朝よ。ほら」

「ふぅぅぁ……姉さま、おはよ」

「おはよう。もう、髪がぐしゃぐしゃよ」

だが、可愛い。

寝ぼけ眼に虚《うつ》ろな表情、朝日を浴びキラキラ光る純白のロングヘア、細く白くしなやかな身体に、ドラゴンの象徴である角が伸びている。

ローレライは手早く着替え、なぜかローレライの部屋に置いてあるクララベルの服と下着を取り出す。

「さ、服を着替えなさい。髪を整えてあげる」

「ん～……」

ローレライは、クララベルが着替えている間に、自分の髪を手早く整える。

長いロングヘアは櫛《くし》を通さずとも整っており、櫛を通せば絹糸のように流れる。

着替えを済ませたクララベルを座らせ、長い髪を櫛で梳《と》かす。

「姉さま、今日も図書館？」

「ええ。昨日新作の本が届いてね。その本の仕分けと本棚に詰める作業があるの」

「ふーん……」

「クララベル、今日はお勉強の日よ？　お母様が出された課題はどうなったの？」

「…………えへ♪」

どうやら、手を付けていないようだ。

専属騎士のランスローが苦労するのもわかる。課題をさせようと毎日クララベルを追いかけているから大変だ。

ローレライは、ちょっとだけ意地悪することにした。

「クララベル。課題を終わらせないと大変よ？」

「えー……？」

「あのねクララベル。お勉強をするという条件でこの村に滞在することを許されてるの。それなのにお勉強をしなかったら……王国に連れ戻されちゃうかも」

「え」

「王国に戻ったら大変ねぇ……お怒りになったお母様に、毎日毎日お勉強させられて、もしかしたら婚約も破談に……」

「あ……や、やだやだ!!　お兄ちゃんと離れたくないよぉ!!」

「っと、ほらクララベル、泣かないの」

クララベルは、ローレライの胸に飛びついて泣きだしてしまった。

少しやりすぎたと反省し、ローレライはクララベルを撫でる。

「じゃあ、今日はお勉強しましょうね」

「うん……する」

これでランスローも安心かなと、ローレライは息を吐いた。

◇◇◇◇◇◇

「うー……」

「姫様、手が止まっていますよ」

「はぅぅ～……」

クララベルが図書館で勉強したいというので、テーブルの一つを占領していた。

図書館内は暖かく、周囲には読書中の銀猫やハイエルフがいる。

読書スペースの隅で勉強するクララベルは、高く積まれた課題を見てゲンナリしていた。

「ねぇランスロー、のど渇いた」

「駄目です。課題が終わるまでおやつ抜きと、ローレライ様からきつく言われていますので」

「ええー……ランスローはわたしの騎士なのに、姉さまの言うことを聞くの？」

「それはそれ、これはこれ、でございます。さぁさぁ、頭とペンを動かして‼」

「はぁ～～～～～い……」

こっそりクララベルの様子を見に来たローレライは、ランスローの仕事ぶりに感心しつつ、両手に抱えた本の山を運ぶ。

「姫様‼　運ぶのでしたら私が‼」

「いいの。自分でやりたいのよ。それにゴーヴァン、あなたも両手に本を抱えてるじゃない」

「いえ、この程度問題ありません」

ローレライの騎士ゴーヴァンは、今や図書館職員が板についていた。

何しろ、ローレライの職場が図書館なのだ。悪魔司書四姉妹の手伝いをするようになり、騎士の鎧はガシャガシャやかましいという理由で脱がされ、シャツとズボンとエプロンの姿で仕事をしている。

その姿を見たランスローが必死に笑いをこらえていたのが、昔のことのようだ。

「ローレライ司書長」

「もうすぐお昼です」

「そろそろ休憩など」

「いかがでしょうか」

「「「「みんなで、お昼を食べましょう」」」」

悪魔司書四姉妹が、息ぴったりに声をそろえて言う。

すでにローレライは四姉妹を見分けることができる。名札がなくても目を見ればわかった。

「そうね。ゴーヴァン、クラベルとランスローを呼んでちょうだい。おやつはダメだけどお昼はしっかり食べないとね」

「はっ」

お昼を食べたら作業再開。やることはたくさんある。

◇◇◇◇◇◇

お昼が終わると、勉強と仕事を再開した。だが、午前中とは少し違う。

「えへへ、姉さま」

「もう……」

クララベルの教師役に、ローレライが付いたのだ。

図書の整理と運搬は力仕事なので騎士二人が請け負い、悪魔司書四姉妹は棚に納める作業を行っている。

というか、クララベルがローレライに教えてもらいたいとゴネたので、仕方なくの処置だった……が、ローレライが傍にいると、クララベルはしっかりと勉強をするようになった。

「姉さま、ここ教えて」

「どれどれ……」

クララベルの隣に座り、優しく教える。

宿題はまだ半分以上残っているが、このペースなら数日で終わるだろう。

「姉さま、あのね……今日も一緒に寝ていい？」

「……仕方ないわね」

「えへへ。一緒にお風呂に入って、一緒に寝れば温かいよね」

「そうね。もう……この子ったら」

ローレライにとってクラベルは、とても可愛い妹だ。

二人ともアシュトと婚約した以上、離れることはないだろう。アシュトとクララベルの子供はどんな子だろうなどと、未来のことも考えてしまう。

もちろん、自分の未来も。

「姉さま。お兄ちゃんと結婚したら、子供が生まれるんだよね」

「そ、そうね……ちょっと恥ずかしいけど」

「恥ずかしいの？　なんで？」

「そ、それはもちろん……」

性教育の授業はやったかな？　と、ローレライは教科書を探し始めた。

第三十一章　春の足音

少しずつ、春が近づいてきたと思う。

雪の降る日が少なくなり、温かい日差しが続く。農園の雪も徐々に溶け始めている。

冬になって数月……ようやく春の陽気になってきた。

俺は新居の庭で身体を伸ばし、朝の光を浴びた。

「っんん〜〜〜〜〜〜……はぁ」

手にはシロのエサがあり、これからユグドラシルのシロのもとへ行くつもりだ。

散歩をしながらのんびり歩いてユグドラシルへ向かうと、狼小屋からシロが飛び出してきた。

『きゃんきゃんっ!!』

「はいはい、ごはんだぞー」

『きゃうぅぅん!!』

シロを抱きワシワシ撫でると、毛が抜けた。

どうやら冬の毛が抜け、春の毛になるようだ。これも春の訪れだな。

シロがエサをがっつくのを見ながら、ユグドラシルを見上げた。

「春かぁ……結婚式の季節」

雪が溶けたら、教会の建設が始まる。

完成したら、ミュディたちと結婚式だ。

「って、朝から何考えてるんだ俺は……」

俺はぶんぶんと首を振り、すでにエサを完食したシロを撫でる。

毛が生え変わっても、撫で心地は素晴らしい。

「さて、俺も朝ごはんにするか」

とりあえず、今日も一日がんばろう!!

◇◇◇◇◇◇

朝食が終わり、文官の執務室で書類仕事をしていると、俺宛に手紙が届いた。

「お、フレキくんからだ」

ワーウルフ族の里に里帰りしているフレキくんからの手紙だ。

何か問題でもあったのかと封を破り、中の手紙を読む。

「なになに……なるほど、落ち着いたから帰ってくるのか」

内容は、ワーウルフ族の里では冬が明けたので、そろそろそちらに戻りますとのこと。

羊皮紙三枚ほどの手紙には冬の間に起きたことが細かく書かれていた。

ワーウルフ族の里で風邪が流行し、俺がアドバイスした通り風邪薬をたくさん作っておいて事なきを得たこと。解熱剤や整腸剤がたくさん必要だったこと。冬の病気の症状が、俺に習ったことばかりで大いに助かったことなど、病気の説明三割、感謝七割の割合で手紙は書かれていた。

「よかった。ワーウルフ族の里では大きな病気はなかったようだ」

こっちとほぼ同じだ。

こっちではハイエルフがよく風邪をひいていた。薬のストックもたくさんあったし、いざという時にワーウルフ族の里に向かう準備もしてたけど……さすがフレキくんだ。

仕事が終わり、薬院へ戻る。

一休みしてから村を見て回ろうとドアを開けると、ちょうどシルメリアさんが洗濯物を抱えて出てくるところだった。

「ご主人様、申し訳ありません」

「いえいえ。おっと、失礼」

ドアを開けて道を譲ると、シルメリアさんは洗濯物を抱えて出ていった。

薬院にある診察用ベッドシーツや枕カバーなど、定期的に取り換えてもらってる。今抱えていったのは、カーテンみたいだ。新しいのに替わっている。

ソファに座って『緑龍の知識書《ムルシエラゴ・グリモワール》』を取り出すと、再びシルメリアさんが来た。

「ご主人様。お茶をお持ちしました」

「ありがとう。今日は……おお、緑茶か」

「はい。ちょうどクリパイが焼き上がりましたので、ご一緒にどうぞ」

「おお!!　ありがとう!!」

クリパイは、セントウパイに匹敵するほど美味い。

今や銀猫たちはクリレシピを使って様々な料理に挑戦してるとか。

「では、ごゆっくり……あら？」

「ん？　来客か」

ドアがコンコンと叩かれた。

シルメリアさんが一礼し、ドアへ向かうと……そこには、小さな来客があった。

「こんにちはなんだな、村長!!」

「あ、ポンタさん!?　戻ってきたんですね!!」

やってきたのは、ブラックモール族のポンタさんだ。

真っ黒な体毛に覆われた二足歩行のモグラで、この村の採掘を担っている、発掘のプロだ。

身長は俺の腰よりも低い。めっちゃ愛らしい姿なのだ。

薬院の中に案内し、シルメリアさんに頼んでお茶を出す。

「冬も明けたんで、数組の家族と戻ってきたんだな」

「そうなんですか。じゃあ」

「うん。また村のために働くんだな!!」

「ありがとうございます。嬉しいです!!」

ブラックモール族は寒さに弱いので、冬はほとんど地中で過ごす。なので、村にいたブラックモールたちのほとんどが、故郷に帰っていたのだ。

またこの愛らしいモグラたちが、村の中をポテポテ歩く姿が見られるのか……うれしい。

「これ、お土産なんだな」

「あ、ありがとうございます」

ポンタさんは、綺麗な虹色の宝石をテーブルの上に置く。

すごい、見る角度によって色が全然違う。こんな宝石見たことない。

「あの、これは?」

「これ、アレキサンドライトっていう宝石なんだな。村長、結婚するって聞いたんだな。これで結婚指輪を作るといいんだな!!」

「ぽ、ポンタさん……」

なんてこった……嬉しくて涙が出そうだ。俺はポンタさんと固く握手した。

よし、この宝石で指輪を作ろう。ミュディたちの指のサイズは……メージュやルネアに聞けばいいかな。

春はもうすぐそこ。結婚式はもうすぐだ。

◇◇◇◇◇◇

「師匠、お久しぶりです!!」

「フレキくん!! 久しぶり、元気だったかい?」

「はい!!」

ある晴れた日、フレキくんが帰ってきた。

背中に大きなリュックを背負い、薬院の前で頭を下げている。

「ささ、疲れただろう、中に入ってお茶でも飲もう。冬の間のお話を聞かせてくれ」

「はいっ!!」

薬院一階にある応接室にフレキくんを案内し、シルメリアさんにお茶を淹れてもらう。

普段、あまり応接室は使わないが、話が長くなる気がしたのでこちらに案内した。だってフレキくん、話したいことがたくさんあるって顔してるもんね。

「さ、緑茶にクリパイ、甘グリもあるよ」

「くり、ですか?」

「ああ。新しい村の名産にしようと思ってね。今度ワーウルフ族の里にも送るよ」

「わぁ、ありがとうございます!! では」

フレキくんは甘グリを一つ摘まみ、そのまま一口で口の中へ。

「ん……お、美味しい!! すごいです師匠!! これ美味しいです!!」

「はは、よかった。このクリには緑茶がよく合うんだ。この甘さと渋さがなんとも……」

春になったら、お茶の生産量も増やそう。クリの苗木も植えて、ウッドに増やしてもらうか。

銀猫たちが管理している茶畑は紅茶と緑茶用の茶葉が栽培されている。

実は、紅茶より緑茶の生産量が多い。カーフィーが登場してからは紅茶の生産量は減っている。

クリの登場で緑茶の需要が増えた。なぜかこのクリを食べると緑茶が欲しくなる。

「師匠、さっそくですが、いろいろ報告したいことが」

「ああ、聞かせてくれ」

フレキくんの話は、八割が俺の教えへの感謝、残りがワーウルフ族の里で診察した病気の話だった。

フレキくんは、いの一番に俺のところへ来てくれたそうだ。

なので今日は家に帰り、アセナちゃんと一緒に過ごすように言った。アセナちゃんに伝えたら自分の家にダッシュで帰ったからな、今日はお兄ちゃんに甘えてのんびりするだろう。

雪はほとんど降らなくなり、本格的に春が近づいてきた。

そして、ライラちゃんとアセナちゃんが作った雪ダルマが溶けて崩れてしまっていた。

「わぅぅ……くずれちゃった」

ライラちゃんのイヌ耳がペタッと萎《しお》れてしまった。

でも、冬が終わり春が来たことを実感する。悲しいだけじゃない。

俺はライラちゃんの頭をなでなでする。

「ライラちゃん、冬はまた来る。その時にみんなで大きいのを作ろう」

「大きいの……うん!!　今度はミュアも一緒に!!」

「うん、そうだね」

さて、ミュアちゃんと言えば……かまくらの中だ。

コタツに潜ってのんびりしてる。冬が終わろうとまだまだ寒い。寒がりなミュアちゃんはかまくらができてからはコタツに潜りっぱなしだからな。

冬と決別するため、ここは心を鬼にしなくては。

俺とライラちゃんはかまくらの中へ。

「ミュアちゃん、いるかい？」

「………うにゃ？」

コタツの中からにゅっと出てきたミュアちゃん。

頭だけ出して身体はすっぽりコタツの中だ。さて、ちょっと躊躇《ためら》われるけど言うしかない。

「ミュアちゃん、コタツはもうおしまい。春になったからもう暖かいでしょ？　コタツはお休みして、外で遊ぼう」

「にゃっ⁉　コタツしまっちゃうの⁉」

「うん。また三年後に出してあげるから」

「ふにゃあ‼　やだやだやだやだぁーっ‼」

案の定、抵抗した。

コタツ大好きミュアちゃんとしては、かまくらもコタツも片付けたくないんだろう。でも、それじゃだめだ。

コタツの中にすっぽり隠れ、ネコミミだけを出している。

「わうぅっ‼　ミュア、わがままだめー‼」

「にゃだぁ‼　コタツしまいたくないー‼」

「わうぅうぅっ‼」

「ふしゃぁぁっ‼」

「こらこら、喧嘩はダメだよ」

こんなこともあろうかと、秘策を準備してある。

俺はパチッと指を鳴らす。

「ご主人様、お持ちしました」

「ありがとう、シルメリアさん」

「わぅぅぅっ⁉　なにそれー‼」

シルメリアさんが持ってきたのは、できたてホヤホヤのお菓子。

クリをベースにしたケーキ。その名もクリケーキだ‼　生地はもちろん、クリームやデコレーションにもクリを使ったシルメリアさん特製ケーキである‼

「ミュアちゃ～ん。ここに美味しいケーキがあるよ～」

「にゃ……にゃう⁉　なにそれ‼」

「ふふふ、シルメリアさんお手製のクリケーキだよ。美味しいぞ～♪」

「ご、ごくり……ふにゃ」

「お兄ちゃんお兄ちゃん、食べたい‼」

「ふふ、ライラちゃんは素直でいい子だね。でも、これを食べたいなら一つ約束してもらわないといけないんだ」

「わふ？」

「このケーキを食べたいなら、今日でコタツとお別れしなくちゃいけない。ライラちゃんは我慢できるかな？」

「できる‼　ケーキ食べたい‼」

「よーし。ライラちゃんはこのケーキを食べれるぞ～♪」

「わっふー‼」

ちょっと卑怯だしこんな手はあまり使いたくない。でも、シルメリアさんが力ずくでミュアちゃんをコタツから引きずり出す光景は見たくない。

なので、実力行使をしようとしていたシルメリアさんにストップをかけ、こうして手間をかけてケーキを準備してもらったのだ。こんな旨そうなケーキが出てくるとは思わなかったが。

「ミュアちゃん、ミュアちゃんはどうかな？　このケーキ食べたい？」

「食べたい!!」

「じゃあ、コタツとお別れできる？」

「にゃ、にゃあぅぅぅ……」

お、悩んでる悩んでる。ネコミミがピコピコ動き、口をもにゅもにゅしている。

「ライラちゃん、手を洗っておいで。家で食べよう」

「わぅん!!」

「さて、マンドレイクとアルラウネも誘って、ウッドやベヨーテも呼んで……あれ、ミュアちゃんの分がなくなっちゃうかなぁ……」

「う、う、う……うにゃーッ!!　コタツいい!!　コタツさよならするーッ!!　ご主人さま、ケーキ食べたいよぉーッ!!」

「はい、よく言えました」

ミュアちゃんはコタツから飛び出し、俺に抱きつく。

ケーキをシルメリアさんに渡し、ミュアちゃんの頭とネコミミをなでなでした。

「じゃあ、手を洗っておいで。おやつにしよう」

「にゃうーっ!!」

ミュアちゃんはダッシュで新居に手を洗いに行った。

シルメリアさんはため息を吐き、俺に言う。

「ご主人様、あまりミュアを甘やかすのは……」

「いえ、これもしつけですよ。力で押さえつけるのは簡単ですけど、ちょっと手間をかけるだけで自分からコタツを放棄してくれた……って、手間をかけたのはシルメリアさんだし、俺が教育についてアレコレ言うのは筋違いですけどね」

「……いえ、確かにその通りです。余計なことを言って申し訳ございません」

「いえ。それより、さっそくケーキを食べましょう」

「はい。ではお茶の支度を」

ちなみに、クリケーキはめっちゃ美味かった。

◇◇◇◇◇◇

冬が終わり、春が来た。

雪が溶け、土の地面が見え始め、緑色の草が村のあちこちに覗くようになった。

エルミナとウッドと一緒に村の散歩をしていると、エルミナが立ち止まった。

「あ、見て。これ……フキノトウよ」

「ふき、のとう？」

「うん。フキの子供みたいなものよ。フキは知ってるでしょ？」

「ああ。そういや、お前と二人だった時に、フキの葉を傘代わりにしたっけ」

「あー……懐かしいわね」

『フキノトウ、オイシイー!!』

ウッドがフキノトウをモグモグ食べていた。

フキの葉は知っていたが、フキノトウは知らなかった。

「あのね、ハイエルフの里ではフキノトウは食べ物なのよ。和《あ》え物にしたり、サラダにしたり」

「へぇ、じゃあいくつか摘んでいくか」

「うん。って、ウッドに全部食べられちゃう!!」

『ウマーイ!!』

エルミナと一緒にフキノトウを収穫した。

空を見上げると、青い空と白い雲が見える。

「春だなぁ……」

長い冬が終わり、ようやく春がやってきた。

春は、出会いの季節とも言われている。

この先、俺にはどんな出会いがあるのだろうか。

オーベルシュタインには、まだ会ったことのない希少種族がたくさんいる。

「アシュト、けっこう収穫できたわよ!!」

『ウッド、タベターイ!!』

「だ、駄目!! これは私たちの分なの!!」

エルミナとウッド。そういや、始まりもこの二人だっけ。

「よし、このくらいにして、キッチンに持っていくか。エルミナ、調理方法は?」

「任せなさい!!」

『ヤッター!!』

収穫したフキノトウを抱え、俺たちは新居に向かった。

月が導く異世界道中
Tsukiga Michibiku Isekai Dochu
あずみ圭
Azumi Kei
1~15
8.5
シリーズ累計
140万部の
超人気作！
（電子含む）
2021年
TVアニメ化！
コミックス
1~8巻
好評発売中！
CV 深澄 真：花江夏樹
巴：佐倉綾音 澪：鬼頭明里
監督：石平信司 アニメーション制作：C2C
異世界へと召喚された平凡な高校生、深澄真。彼は女神に「顔が不細工」と罵られ、問答無用で最果ての荒野に飛ばされてしまう。人の温もりを求めて彷徨う真だが、仲間になった美女達は、元竜と元蜘蛛!? とことん不運、されどチートな真の異世界珍道中が始まった！
●各定価：本体1200円+税
●illustration：マツモトミツアキ
1~15巻 好評発売中！
漫画：木野コトラ
●各定価：本体680+税 ●B6判

愛され王子の異世界ほのぼの生活
Aisareoji no isekai honobono seikatsu
1・2
霜月雹花
Hyouka Shimotsuki
顔良し
才能あり
王族生まれ
ガチャで全部そろって異世界へ
頭脳明晰、魔法の天才、超戦闘力の
チート5歳児
として 異世界を楽しみ尽くす!
自由すぎる王子様のハートフルファンタジー、開幕!
転生者の能力を決めるガチャで大当たりを引いた俺、アキト。おかげで、顔は可愛いのに物騒な能力を持つという、チート王子様として生を受けた。俺としては、家族と楽しく過ごし、学園に通って友達と遊ぶ、そんなほのぼのとした異世界生活を送れれば良かったんだけど……戦争に巻き込まれそうになったり、暗殺者が命を狙ってきたり、国の大事業を任されたり!? こうなったら、俺の能力を駆使して意地でもスローライフを実現してやる!
◉各定価：本体1200円＋税 ◉Illustration：オギモトズキン

学校でいじめられていた高校生レイヤは、クラスメイトと一緒に異世界に召喚される。そこで手に入れたのは「魔物と会話できる」スキルのみ。しかし戦闘で役に立たないため、無能力者として追放されてしまう……！　一人ぼっちとなったレイヤは、スキルを使ってスライムと交流し、アイテム収集でお金を稼ぐことにした。やがて驚くべきことに、人化したスライムの集合体が予想外の力を見せつけ、再びレイヤに手を出そうと企んだクラスメイトの撃退に成功する。可愛い狼モンスターの親子も仲間に迎え入れ、充実の異世界ライフが始まった——！

●定価：本体1200円+税　●ISBN 978-4-434-27439-8

●Illustration：ひげ猫

小国バルファレストの第六王子レオンは、父である王の死をきっかけに、王位を継いだ兄によって追放され、さらに殺されかける。しかし実は彼は、二千年前に四英雄と呼ばれたうちの一人、獅子王ジークの記憶を持っていた。その英雄にふさわしい圧倒的な力で兄達を退け、無事に王城を脱出する。四英雄の仲間達も自分と同じようにこの時代に転生しているのではないかと考えたレオンは、大国アルファリシアに移り、冒険者として活動を始めるのだった——

◉定価：本体1200円+税　◉ISBN 978-4-434-27775-7
◉illustration：紺藤ココン

超ユニークスキルで行く、成り上がり冒険ファンタジー！

12歳の時に行われる適性検査で、普通以下のステータスであることが判明し、役立たずとして村を追い出されたレクス。彼が唯一持っていたのは、日常のどんな動きでもスキルになるという謎の能力『日常動作』だった。ひとまず王都の魔法学園を目指すレクスだったが、資金不足のため冒険者になることを余儀なくされる。しかし冒険者ギルドを訪れた際に、なぜか彼を目の敵にする人物と遭遇。襲いくる相手に対し、レクスは『日常動作』を駆使して立ち向かうのだった。役立たずと言われた少年の成り上がり冒険ファンタジー、堂々開幕！

◉定価：本体1200円＋税　◉ISBN 978-4-434-27885-3　◉Illustration：かれい

気ままなおっさんの異世界ぶらりファンタジー、開幕!

神様のミスで、異世界に転生することになった四十路のおっさん、憲《のり》人《と》。お詫びにチートスキル9個を与えられ、聖獣フェンリルと大精霊までお供につけてもらった彼は、この世界でしか味わえない魔物グルメを楽しむという、ささやかな希望を抱く。しかし、そのチートすぎるスキルが災いし、彼を利用しようとする者達によって、穏やかな生活が乱されてしまう!?　四十路のおっさんが、魔物グルメを求めて異世界を駆け巡る!

◆定価：本体1200円+税　◆ISBN：978-4-434-27773-3　◆Illustration：蓮禾

この作品に対する皆様のご意見・ご感想をお待ちしております。

おハガキ・お手紙は以下の宛先にお送りください。

【宛先】

〒150-6008 東京都渋谷区恵比寿4-20-3 恵比寿ガーデンプレイスタワー 8F
（株）アルファポリス　書籍感想係

メールフォームでのご意見・ご感想は右のＱＲコードから、
あるいは以下のワードで検索をかけてください。

アルファポリス　書籍の感想　検索

ご感想はこちらから

本書はWebサイト「アルファポリス」（https://www.alphapolis.co.jp/）に投稿されたものを、改稿、加筆のうえ、書籍化したものです。

大自然《だいしぜん》の魔法師《まほうし》アシュト、廃《すた》れた領地《りょうち》でスローライフ4

さとう

2020年10月31日初版発行

編集－藤井秀樹・宮本剛・篠木歩
編集長－太田鉄平
発行者－梶本雄介
発行所－株式会社アルファポリス
〒150-6008 東京都渋谷区恵比寿4-20-3 恵比寿ガーデンプレイスタワー8F
TEL 03-6277-1601（営業）　03-6277-1602（編集）
URL https://www.alphapolis.co.jp/
発売元－株式会社星雲社（共同出版社・流通責任出版社）
〒112-0005 東京都文京区水道1-3-30
TEL 03-3868-3275
装丁・本文イラスト－Yoshimo
装丁デザイン－AFTERGLOW
印刷－中央精版印刷株式会社

価格はカバーに表示されてあります。

落丁乱丁の場合はアルファポリスまでご連絡ください。

送料は小社負担でお取り替えします。


ISBN978-4-434-27889-1 C0093